集英社文庫

魔鏡の女王

永源寺峻ミステリ・ファイル

井沢元彦

集英社版

本作品は一九九九年九月、実業之日本社より刊行されました。

魔鏡の女王

永源寺峻ミステリ・ファイル

1

暗い夜だった。月はなく、湿った雲が空を覆い、今にも雨が降り出しそうだった。梅雨期《つゆ》独特の不快感が、衣服を通して体に染みてくる。時計は午前零時を回っていた。

夕子は、恋人のいるマンションに通じる坂を登っていた。この丘の上に、彼の住むマンションがある。あたりに人通りはなかった。夕子は、玄関《エントランス》を入ると、エレベーターで五階に上がった。

八階建てのマンションの五〇三号に、彼は住んでいる。マンションは十五年ほど前に建てられたもので、少し外壁が薄汚れていて、今流行《はや》りのオートロックのような最新設備はない。しかし、廊下は外に剝《む》き出しになってはおらず、ちゃんと外壁がある。そこのところは、少しましである。

夕子は、田口と表札に書かれた五〇三号室の前まで来ると、インターホンを押した。彼は待っているはずだ。だが、二回、三回と押しても、返事がなかった。

夕子は首を傾《かし》げた。

（お風呂にでも入っているのかしら）

夕子はショルダーバッグから鍵を取り出すと、ドアを開けた。ドアにはチェーンはかかっていなかった。中に入ると、真っ暗だった。居間へ通じる短い廊下を歩き、格子にガラスをはめ込んだ透明なドアを開けると、居間の中も電気がついていなかった。

「書斎かしら」

と、夕子はつぶやいた。田口は研究に熱中しだすと、我を忘れる癖があるのだ。

夕子は、とりあえず居間の電灯のスイッチをつけた。その瞬間、悲鳴を上げた。床に人が一人倒れていた。ジーンズにTシャツ姿である。しかし、そんなことは問題ではなかった。その背中にナイフが突き刺さり、鮮血がシャツを真っ赤に染めていたのだ。

悲鳴を上げたが、夕子はその男が誰であるか確認しないではいられなかった。おそるおそるうつ伏せになっている顔を覗き込んで、今度は悲痛な叫びを上げた。それは、間違いなく田口だった。目はカッと見開いているが、その瞳に光はない。死んでいるのだ。

（殺されたんだわ。でも、どうして？）

他に考えようがなかった。背中にナイフが突き立っているのだ。自殺ではありえない。

（警察に知らせなきゃ）

夕子は居間のところにある受話器をとって、一一〇番にダイヤルした。

――どうしました？

――人が死んでいるんです。殺されたんだと思います。

――わかりました。あなたのお名前は？

――東海林《しょうじ》夕子と申します。

――東海林さん。で、そちらの住所は？

――はい、こちらは世田谷区上馬《かみうま》……

と、夕子はマンションの所在地を言った。

――わかりました。すぐ、パトカーが向かいますから、そのままそこを動かないように。

――はい。

夕子は受話器を置いても、今目の前で起こっていることが夢のように思えて仕方がなかった。だが、これは現実なのだ。

彼は自分の目の前で、身動きひとつできない死体となって横たわっているのだ。

ふと、夕子は妙なことに気がついた。田口はうつ伏せに倒れているが、左腕は前に伸びているものの、右腕のほうはちょうど胸の下に、何か抱え込むような形をとっているのだ。

何を持っているのだろう。夕子は近づいた。

「銅鏡だわ」

夕子は、思わず口に出してつぶやいた。

それは、古代の古墳から出土する銅の鏡であった。直径二十センチ余りほどもある、大きなものである。何か漢字らしいものが書いてあるようにも見えた。

(どうして、こんなものを抱え込んでいるのかしら)

不思議に思った。もっとよく見ようとした時、夕子は飛び上がった。電話が鳴ったのだ。

電話のベルは一回、二回、三回と鳴った。留守番電話にはなっていない。夕子は五回目、決心して、受話器をとった。

——警察です。東海林夕子さんですね？

——はい、そうです。

夕子は、ホッとして言った。そして、安堵すると同時に、警察がなぜ電話してきたのだろうということが気になった。

——ただいま、あなたの通報を受け取りました。今、パトカーがそちらに向かっていますが、そのへんは非常にわかりにくいところなので、恐縮ですが、マンションの入口まで出て、パトカーに合図してくれませんか。

——わかりました。

——あっ、それから、その現場ですが、他の人が入らないように鍵をかけてください。そして、パトカーが来るまでは、誰にも殺人事件のことは言わないように。現場の保存が大切ですから。

——わかりました。

夕子は受話器を置いた。死んだ彼には悪いが、この部屋を去る口実ができたことで、何となくホッとするような気分もあった。夕子は電灯をつけたまま、靴を履《は》くと玄関を出て鍵をかけた。そして、エレベーターで一階に降り、マンションの玄関から外へ出た。

パトカーは五分もしないうちにやってきた。夕子は道路に飛び出すと、パトカーに向かって懸命に手を振って合図した。

2

「それでは、あなたのお名前から伺わせてください」

あれからパトカーが何台もやってきて、あたりは大騒ぎになった。鑑識課員が写真を撮ったり、指紋を採ったりして現場を調べる間に、警視庁のほうからも捜査一課の刑事たちが到着した。

今夜出動した捜査班の責任者は、富沢というベテランの警部であった。富沢は今年四十七歳で、捜査畑一筋に歩いてきたベテランである。最近、髪の毛は薄く額がはげ上がってきたが、逆に眉は太く黒く、目はギョロリとして、いかにも普通の職業ではない雰囲気を感じさせる。その富沢が、夕子の尋問に当たった。

「東海林夕子といいます」

「ショウジは、どんな字ですか」

「東海林《とうかいばやし》と書きます」

「ああ、あの東海林《しょうじ》太郎の東海林ね」

と、富沢は昔の歌手の名前を言って、夕子を落ち着かせようとした。だが、夕子はそんなことは知らないのか、青ざめたまま表情を変えなかった。

富沢は、夕子の年齢や住所を聞いて、職業も尋ねた。

「貿易関係の会社に勤めています。普通の事務のOLです」

「あっ、そうですか。で、亡くなられた方とは、どんなご関係で?」

「結婚するつもりでいました」

「亡くなられた田口さんというのは、どんな方なんですか。まずお名前なんですが」

「田口直樹《なおき》です。真っ直ぐの直に、樹木の樹と書きます」

「歳は?」

「二十九だったと思います」

「お仕事はどんな?」

「考古学の研究所に勤めていました。森原考古学研究所といいまして、この近くに東京事務所があります。本部は奈良県の橿原《かしはら》市にあるんです」

「考古学がご専門なんですか。考古学というと、チンプンカンプンで、私はまったくわからないんだけど、どのあたりのことをやっていらっしゃる方なんですか」

「主に、専門は古墳時代ですね。私もよくわからないんですけども、邪馬台国《やまたいこく》というのがあるでしょう。あのあたりのことをやっていたみたいですけど」

「ほう。で、ああいうのでもご専門なんかあるんでしょうね」

「ええ、彼は銅鏡の研究を一番熱心にやっていました」

「銅鏡というと、銅の鏡ですか」

「そうです。古墳から出てくるのです」

「なるほど、大変なお仕事ですな」

富沢は言った。

「本当に鏡は大切にしていました。もう、言っちゃ悪いんですけれども、鏡オタクみたいなところがあって。でも、あんな死ぬ時まで鏡を抱え込んでいなくてもいいのに」

富沢は、夕子の言葉にメモをとっていた顔を上げて、

「今、何とおっしゃいました?」

「えっ?」

「何ですか。鏡を抱え込んでいたとおっしゃいました?」

「ええ」

「ということは、彼は鏡を抱え込んで死んでいた、というふうにおっしゃりたいわけですか」

「そうですよ。だって、そうじゃないですか」

「東海林さん」

富沢はいったん手帳を閉じて、夕子の目を覗き込むようにして言った。

「何かのお間違いではありませんか。仏さんは、鏡など持っていませんでしたよ」

「そんな！　私、見たんです」

　夕子は抗議した。

「彼は、確かに鏡を抱え込むようにして死んでいました。右手で、大きさはこれぐらいの」

と、夕子は直径二十センチぐらいの大きさの丸を、手で示して見せた。

「じゃあ、ご覧になりますか」

　富沢が立ち上がって、夕子を再び居間に誘った。

　シートをかぶせられている死体をもう一度めくると、夕子は一瞬目を背けたが、おそるおそる見てみると、確かに彼の右手は何も持っていなかった。

「確かに持っていたんです」

「それは確かですか。間違いじゃありません？」

「ええ、確かです。間違いありません」

「だけど、変じゃないですか。彼は実際に、今ここでは持っていない。あなたが警察に通報してから、誰も死体の側には近づかなかったんでしょう？」

「ええ」

「あなたは、ずっとここにいた」

「いえ、違います。下に降りて、パトカーを待っていました」

「なるほど。この部屋にいるのが怖かったんですか」

富沢が言うと、夕子は再び驚いて首を振った。

「警察の方が、下に降りて待っていろって言ったんです」

「えっ？」

富沢は、その死体の周《まわ》りを捜索していた岡田刑事と顔を見合わせた。

「東海林さん、指示があったというのはどういうことですか」

「私が電話した後でした。すぐに警察の方から電話があって」

「電話が？　どこへ？」

「ここへです」

と、夕子は受話器を指さした。

「それで、警察の者だと言ったんですね？」

「はい」

「それで、何と言いました？」

「パトカーが、このあたりは道が込み入ってわかりづらいから、下へ降りてパトカーを待つようにと」

「なるほど。で、あなたはこの部屋を出たんですか」

「はい。鍵をかけて、外へ出ました」

「鍵をかけて？」

「ええ、そうです。警察の方が鍵をかけろと。そして、誰にも知らせるなとおっしゃったので」

富沢は、再び岡田と顔を見合わせた。

何か変だ。富沢は顎《あご》をしゃくって、岡田に合図を送った。岡田はうなずいて、部屋を出ていった。

「どうも妙な話ですね」

富沢は首を振った。警察がそんな指示を出すはずがないのだ。

「それは間違いありませんか」

「間違いありません！」

夕子は憤然として言った。そんなことで嘘を言うわけがない。

しばらくして、岡田が戻ってきた。そして、黙って首を振ってみせた。富沢はうなずいて、

「東海林さん、今、確認とりました。うちのほうでは、そういう指示は出していないそうです」

（いったい、どういうこと）

夕子は愕然《がくぜん》とした。

「本当ですか？」

夕子はなおも信じられないという顔をしている。

「ええ、通信指令室に確かめましたから、間違いありません。こういうことでは、いちいち記録が残されていますからな」

「それにしても、一体誰がなぜそんなことをしたのか……」

富沢は再び首をひねった。もし、東海林夕子の言うことが正しいとすれば、犯行の現場から古ぼけた鏡が一枚消えているということになるからだ。

3

「なるほど。鏡だけが消えたというのだね。それは奇妙な話だな」

永源寺峻《えいげんじじゅん》は言った。ここは、峻のマンションである。テーブルをはさんで向かい側には、彼の婚約者である香道三阿流《さんありゅう》家元代理の中尾真実子《まみこ》がいた。真実子はまだ二十代だが、父親の家元が早く亡くなったので、一人で三阿流を背負っている。

香道というのは、お香を炷《た》いて、その優雅な香りを楽しむ、華道、茶道などとともに由緒ある日本の伝統芸術である。真実子の家も、室町時代からの名流である。

その隣に、東海林夕子が座っていた。夕子の姉が三阿流の門弟であることを幸いに、真実子の伝手《つて》をたどって永源寺峻のところに相談に来たのである。永源寺峻は、トレジャー・ハンターとして有名だった。トレジャー・ハンター、読んで字の如く宝を探す、宝探し人である。

「でも、これは僕の仕事じゃないな。僕は、宝を探すのがあくまで本業だ。これは殺人事件じゃないか。殺人事件は、警察に任せておくべきだろう」

峻は言った。

いつものように、白い詰襟《つめえり》のジャケットを着ている。背は高く、肌は健康そうに日に焼けている。三十代前半で、体の筋肉は引き締まっていた。

「でも、これは宝探しなのよ」

真実子は強引に話を進めた。

「どうして？」

「鏡がなくなっているじゃないの。その鏡を探してほしいの。それなら、トレジャー・ハンターとしての仕事でしょう」

「それはそうだけど、本当に鏡なんてあったのかな」

峻が言うと、

「本当なんです。みんな信じてくれないけど、本当にあったんです」

と、夕子は涙ぐんだ。

峻は慌てて、

「いや、失礼。あなたのことを疑ったわけではないんです」

「疑っているじゃないの」

真実子が、横から言った。

「いや、そういうことじゃないんだよ。ただ、あまりにも変な話なんでね、そんなことがあったのか、と」

「それを疑っていると言うのよ」

真実子は決めつけた。

「やれやれ」

峻はお手上げといった様子で、コーヒーカップに手を伸ばし、一口香り高いコーヒーを喉《のど》に流し込むと、

「わかった。じゃあ、鏡というものがあったとしよう。じゃあ、どうしてなくなったかだ」

「どうしてなくなったか、あなたは推測できるの?」

「うん。鏡があくまでもあったとすれば、考え方は一つしかないな」

「どういうこと?」

「つまりだ。夕子さん、あなたが部屋に入った時、犯人はまだそこにいたんですよ」

夕子は、驚いて顔を上げた。

「そうとしか考えられない。つまり、犯人はおそらく、その鏡を奪うのが目的で田口さんのところに現れたんです。そして、おそらく彼と犯人は顔見知りでしょう。犯人は殺人の意図を隠して彼を訪ね、彼はそれを客として部屋に上げた」

「どうして、そんなことがわかるの?」

真実子が言った。

「わかるさ。だって、ドアのチェーンは壊れていなかったんだろう? 普通、われわれは一

人で部屋にいる時は、チェーンをかけるじゃないか。チェーンが壊されていたのではなく外れていたということは、田口さん自身が外したんだ。それとも、田口さんは一人でいる時はチェーンをかけておかないような性格なのかな？」

「いえ、そんなことはありません」

夕子がすかさず言った。

「彼は、必ずチェーンをかけます。最近は物騒だからって、よく言っていました」

「そうだろう。つまり、チェーンが外れていたということは、来客があったということだ。その来客は鏡を奪うために、彼の油断を見澄まして後ろから刺した。と、そこへインターホンが鳴ったんだ」

「この人が来たのね」

「そう。犯人は慌てた。鏡を咄嗟《とっさ》に奪おうと思ったが、しっかり抱え込んでいるので、それができない。そこでどうしたかというと、おそらく隣の部屋にでも入って、じっと様子をうかがっていたんだと思う。どんな人間が来るのか。あるいは、ひょっとしたらインターホンを押しただけで、うまく帰ってくれないかと。ところが、彼女は中に入ってしまった。そう、その時点で犯人はひょっとしたら、あなたを殺すことを考えたかもしれない」

峻は言った。

夕子は真っ青な顔になって、震え出した。

「あんまり脅かさないでよ、峻」

真実子は抗議するように言った。

「いや、ごめん。だけど、本当にそうだったと思うんだ。夕子さん、あなたがツイていたのはね、すぐに警察に電話したことですよ。それによって、犯人はあなたに襲いかかるチャンスを失ってしまった。しかも、このまま放っておけば逃げられないし、鏡を奪うという目的も果たせない。そこで、咄嗟に思いついたんだ。夕子さんを、その部屋から出す方法をね」

「それはわかるけれども、電話はどうしたのよ?」

「電話? 電話番号はわかっていただろうさ」

「いや、そうじゃなくて、どこから電話したの? 居間の電話は使えないでしょう。だって、その電話にかかってきたんだから」

「今は、便利な携帯電話というのがあるんだよ。おそらく、それでかけたんだろう」

「ああ、そうなのか」

真実子はうなずいた。

「警察を装って、彼女を外に出す。そして、ついでに鍵をかけさせる。これはかまわないんだ。なぜなら、鍵は内側からだったら、簡単に外すことができるからね。そうやって時間を稼いでおいて、犯人は田口さんの持っている鏡をもぎ取って、そして廊下に出て、おそらく階段を下りて悠々と逃げたんだ」

「そう言えば――」

と、夕子は思い出したように、

「警察の人と戻って来た時、鍵がかかっていなかったんです。私、あわててかけ忘れたのかと思ってたんですけど」

「そうじゃない。あなたはちゃんとかけたんですよ。それを犯人が外した」

峻は言った。

「でも、玄関で見咎《みとが》められなかったかしら」

と、真実子が口をはさんだ。

「どうです、夕子さん。あのマンションには、非常階段とか地下駐車場とかはありませんか?」

「両方ともあります。エレベーターで地下駐車場に降りることもできますし、非常階段は外側で反対側の道路に出ることができます」

峻はうなずいた。

「そうだろう。つまり、犯人はそうやって逃げたのさ」

「すごい。さすがね」

真実子は感心した。

「いや、そんなことはないよ。おそらく、これぐらいのことは警察も気づいているはずだよ。他に考えようがないんだから。

ただ、問題はその鏡だな。人ひとりを殺して奪うほど、そんなに大事なものだったのかどうか」

「殺人の動機になるほどの重要な鏡でしょう。だから、やっぱりそれは宝じゃない？」

真実子が言った。

「それが宝である以上、トレジャー・ハンターであるあなたは、依頼人の要請を受けて探さなければならない」

「おいおい、仕事を選ぶのはこちらの自由だぜ」

「だから、お願い、探してあげて。彼女は恋人を殺されたのよ。しかも、その鏡のせいで。それを探すことは、結局犯人を探すことにつながるじゃない」

「危ないとは思わないのか。相手は殺人犯なんだぞ。僕が殺されてもいいのかい？」

「そんなこと言ってないじゃない。でも、鏡の行方を探すことは、結局警察の捜査の助けになるとは思わない？」

「それはそうだ。夕子さん」

と、峻は改めて夕子のほうに向かって言った。

「はい」

「警視庁の人は、何ていう人でした？　担当の警部さんがいるでしょう」

「確か、富沢さんとかおっしゃいましたけど」

「ああ、富沢警部ですか」

峻は、笑顔でうなずいた。

「ご存じですか」

「ええ、よく知っていますよ、真実子も」

真実子もうなずいた。

富沢警部には、かつて『卑弥呼《ひみこ》伝説』事件の時にずいぶんとお世話になった。あの時も、峻は命を狙われて、ひどい目にあったが、何とか連携プレーでそれを切り抜けたのだ。

「わかったよ。じゃあ、探してみよう」

「ぜひお願いするわ。これで、事件は解決したも同然よ」

「それは買いかぶりというものだよ」

と、峻は苦笑した。

4

「夕子さん、それではこれを見てください」

と、峻は二人を書斎に案内して、考古学の図鑑を広げて、夕子に示した。

「あなたの見た鏡って、どれだったか。これは原寸大で鏡を収録しているものなんで、似た鏡があるかどうか、チェックしてみてください」

と、峻がページを開いたのは、有名な三角縁神獣鏡《さんかくえんしんじゅうきょう》であった。

『魏志《ぎし》倭人伝《わじんでん》』には、邪馬台国の女王卑弥呼が魏に遣《つか》いを出した時に、皇帝から百枚の銅鏡を下賜《かし》されたと伝えられている。その百枚の銅鏡とは、いったい何か。これが発見されれば、邪馬台国はそこにあったということが確実に確かめられる。そして、その時、卑弥呼が魏の皇帝から貰った百枚の鏡ではないかと言われているのが、この三角縁神獣鏡なのである。

三角縁神獣鏡は直径が二十センチから二十八センチほどであり、その名のとおり、縁の断面が三角になっている。つまり、鏡を横から眺めると、ちょうど遠くの山並みを眺めるような形になっているのである。そこで、三角縁という。さらにそこには、さまざまな神々や獣が描かれているために、神獣鏡というのである。

これが、ちょうど大和《やまと》を中心に放射状にばら撒《ま》かれたような形で、各古墳から出土しており、邪馬台国が畿内、つまり今の奈良県付近にあったとすると、その百枚の鏡を貰った邪馬台国とは大和朝廷のことであり、その大和朝廷が自分たちに服属している各豪族に下賜したのが、三角縁神獣鏡だったということになるわけである。

「この鏡でしたか？」

峻は夕子にたずねた。

夕子はその写真を穴のあくほど見つめた。

「でも、峻。そうすると、邪馬台国は畿内にあることになるわけ？」

真実子は横から不服そうに言った。それもそのはずで、真実子も峻も邪馬台国は実は九州にあると思っているのである。それは、卑弥呼伝説事件の解明の中で明らかにされていったことなのだ。

「もちろん、もしこの三角縁神獣鏡が本当に卑弥呼が魏の皇帝から貰った鏡だとすれば、そういうことになるだろうね」

「そうじゃない可能性もあるの？」

「可能性は充分にある。三角縁神獣鏡が卑弥呼が貰った百枚の鏡だという説に対して、有力な反論として、これは国内で作られた鏡だという説があるんだ」

「国内」

「そう、国内さ。日本国製ということさ」

「でも、漢字が書いてあるんでしょう、中国の年号が」

「そう、景初三年というね。景初三年というのは、卑弥呼がその鏡を百枚貰った年なんだ」

「じゃあ、そうなんじゃないの、これは？　これは日本製じゃなくて、中国製じゃないの？」

「ところがおもしろいことに、中国ではこの三角縁神獣鏡は一枚も出土してないんだよ」

「えっ？」

真実子は驚いた。

「いや、中国どころか、朝鮮半島でも一枚も出ていない。つまり、この鏡はね、今のところ、日本以外の地域では見つかっていないんだ」

「じゃあ、日本製じゃない」

「そうとも言えないさ。これが卑弥呼の貰った鏡だということを言う人たちは、これは卑弥呼にあげるために、つまり中国人用ではなくて、外国人にあげるために作った特別の鏡だと言うんだ。そうなると、中国で他に一枚も出土例がないのも、説明がつかないこともない。一方、それが卑弥呼の鏡ではないということを言う人たちは、中国・朝鮮で一枚も出ていないのだから、これはやっぱり日本で作ったんだ、つまり、日本人が作った一種の記念メダルのようなものだと考えているんだよね」

「記念メダル」

「そう。だって、景初三年という年号が入っているじゃないか。つまり、それはね、この年、つまり日本がというより邪馬台国が初めて魏と交渉を持ったことを記念して作られた、一種の記念品のようなものだというふうに考えれば、納得がいくわけだよな」

「でも、それも少し強引な論理のような気がするわ」

「そうかな。僕はわりと、これが妥当だと思っているんだけれどもね。で、よく見てください。これでしたか？」

と、峻は夕子に確認を求めた。

夕子は首をひねっていたが、

「どうも、これじゃなかったような気がするんですけれども。これ、ちょっと模様がごちゃごちゃしすぎてますよね。それに、ちらっと見ただけなんですけども、こんな模様じゃなかったような気がするんですが」

「じゃあ、これはどうです？」

と、峻はページをめくった。次も大きさが同じぐらいで、内側が二重の同心円になっており、その中に幾何学模様のような四角と丸で作った模様がいくつかあった。

「これは方格規矩鏡《ほうかくきくきょう》なんですけどね、どうですか」

「方格規矩鏡？　これはどういう鏡なの？」

「これは当時というか、ちょうど卑弥呼の時代は大陸では魏《ぎ》、呉《ご》、蜀《しょく》の三国志《さんごくし》の時代なんだけれども、その三国志の直前の後漢の時代の鏡だよね。おそらく三国志の時代、卑弥呼が遣いを送った魏や、孫権《そんけん》のいた呉、あるいは諸葛孔明《しょかつこうめい》や劉備《りゅうび》のいた蜀の文化は後漢の系統を引いていただろうから、こんな形の鏡だったんじゃないのかな」

夕子は、じっとそれを見ていた。

「どうですか」

「わかりません。だんだん混乱してきて」

夕子は申し訳なさそうに言った。

「そうですか。じゃあ、これはどうです？」

と、峻はもう一ページをめくった。その鏡は、同じく二重の同心円の中に花びらを押しつぶしたような形の八角形の模様が描かれてある。

「これは少し小さいような気がします」

「そう、これは直径十三センチなんだけれども、さっきの方格規矩鏡は直径二十一センチ。

大型鏡というと、だいたいそれぐらいだね。これは中型の鏡だよね」

「それは何ていうの？」

と、真実子は聞いた。

「内行花文鏡《ないこうかもんきょう》というんだ」

「内行花文？」

「そう、内側が花びらを模したような形になっているだろう。これは前漢の鏡だ。内行花文鏡と方格規矩鏡は漢の鏡で、つまり中国製ということだよ」

「卑弥呼の遣いが持ち帰ったのは、こちらの鏡であるという可能性もあるのね？」

「まあ、そうだけど、今、問題なのは卑弥呼じゃない。君の田口さんが亡くなった時に、最後まで摑《つか》んでいた鏡は何かということなんだ。やっぱり、それですか？」

「うーん……。でも、申し訳ないんですけれども、よくわからないんです」

　夕子は言った。

「ごちゃごちゃした模様じゃなかったとは思うんですけれども、じゃあ、この中のどれかと言われると、よくわからないんです。すみません」

　素人《しろうと》だから無理もない、と峻は思った。しかし、どんな鏡かもわからないものを、探し出そうというのは、極めて困難な話である。

（これは、意外に長引くかもしれないな）

　峻はその時、そういう予感がした。

5

峻は、二人が帰ると警視庁に行き、旧知の富沢警部を訪ねた。富沢は、峻のことを気に入っている。それどころか、峻のお蔭で重大な事件の犯人を捕まえたことすらあるのだ。

しかし、その日、富沢は不機嫌だった。

「警部、例の田口という考古学者が殺された件ですけれども」

「ああ、あれか。鏡を抱え込んでいたの、どうのって」

「ええ、そうですよ。警部は、それがありえないことだと思っているんですか」

「そんなことはないさ。私だって、ちゃんと調べた。本人の右手の指の爪と肉の間から、銅粉が検出された。それも、極めて古いものだそうだ。錆《さ》びていてね」

「なるほど。それが、鏡を握りしめていた証拠になりますか」

「いや、直前まで別の遺物をいじっていたのかもしれない。彼の部屋の中には、いろんなものがあったからね。ただし、鏡は一枚もなかった」

「じゃあ、彼の勤め先に聞いたらどうなんです？　森原考古学研究所でしたっけ？」

「そうだ。ところが、おかしいんだな、何か。けんもほろろなんだよ。鏡のことを持ち出すと、彼はそんな鏡を持っていたはずはないと断言するんだ。変だろう」

富沢は同意を求めるように、峻を見た。

「そうですね。確かに、研究所がらみで持っていないというのならわかりますけれども、彼自身が個人的に所有している可能性だって、なきにしもあらずでしょう。あるいは、最近手に入れたかもしれない。断言するのはおかしいですよね」

「そうだろ？　俺もそう思うんだ。とにかく、森原研究所というのは気に食わんな」

「東京の代表は、どんな人です？」

「川本という男だ。森原所長の右腕とも言われている男だよ」

それを聞くと、峻は立ち上がった。

「どうするんだ？」

「会ってみます」

「話を聞くつもりか？」

「そうですよ」

「言っておくけど、捜査の邪魔はするなよ。これは殺人事件なんだからな」

「警部」

と言って、峻は振り返った。

「僕が今まで、捜査の邪魔をしたことがありましたか？」

それだけ言うと、峻は返事も聞かずに警視庁を後にした。

森原考古学研究所東京事務所は、世田谷区と東京都下の境にある城址《じょうし》公園の近くにあった。

あたりは武蔵野の森が少しだけ残っていて、東京とは思えないほど閑静なところである。

峻は愛車のボルボを降りると、古ぼけた洋館のような研究所の前に立って、インターホンを押した。昼間だというのに、門扉《もんぴ》が完全に閉まっており、人の気配すらしない。だが、インターホンには返答があった。

「どなたですか」

「永源寺峻といいます。亡くなった田口さんのことで、お尋ねしたいことがありまして」

と、峻は言った。

「君はいったい誰かね?」

「名前は名乗ったとおりです。田口さんの関係者から、調査を頼まれまして」

「調査。何の?」

「鏡のことです」

「そのことだったら警察にも話したが、心当たりはないな。帰ってくれ。私は忙しい」

それっきり、通話は切れた。峻はしゃくにさわってもう一回インターホンを押したが、返答はなかった。

(森原研究所、ここには何かある)

峻はこの時、本腰を入れてこの件を調査してみようと決意した。

峻は自宅へ戻ると、パソコンの前に座って考古学のデータベースを呼び出した。

特に森原考古学研究所のことを、もっと詳しく知りたいと思ったのである。

画面には次のように出た。
　森原考古学研究所（もりはらこうこがくけんきゅうじょ）財団法人
　考古学者で弥生時代の遺跡の研究で名高い故森原理一郎氏（古都大学教授、日本考古学会会長）の業績を記念し、民間の寄付によって開設された私立の研究所。森原氏の発掘した考古学史料・遺物を多数所持しているが、一般には非公開。
所長　森原威一郎
副所長兼東京事務所代表　川本守
財団理事長　西岡宏
主な業績
・弥生式土器の成分分析の特異性に関する研究
・前漢鏡の技法、主に花文の分類について、等
所在地　奈良県橿原市
　　　　東京都世田谷区（東京事務所）
峻はデータをプリントアウトしながら、データにある一人の人物のことが気になっていた。

森原威一郎ではない、西岡宏である。

西岡は、日本で有数の規模を持つ西岡グループの会長だ。

鉄道、不動産から、デパートなど流通面まで、日本有数というよりは、世界的規模の大コンツェルンである。西岡グループの力は、有力なライバルであるマルスグループと共にこの分野で日本の経済を二分していると言えるほどの存在だった。

(西岡がなぜこんなところに)

財団の理事長とあるからには、金を出したスポンサーは西岡かもしれない。

しかし、西岡はもともと野人タイプで、こういう文化事業に金を出すような人間ではない。少なくとも、それが一般的評価であるはずだ。

(もっと財政内容が知りたいな)

峻は思った。

やはり公開されている情報では通り一ぺんのことしかわからない。

それとも奈良県へ行ってみるべきだろうか。だが、先程の様子では向こうでも門前払いを食わされる可能性が大だ。

こういう時に官庁方面に何らかのコネがあれば、話は簡単だが、峻はあまりそういうコネ作りはしたくなかった。

どうも役人というのは付き合いにくい連中なのである。

その時、電話が鳴った。峻は受話器をとった。

――はい。

――もしもし、峻。夕刊を見た？

――いや、まだ見てない。

――大変なのよ。そこにある？

真実子だった。珍しくあわてている。

峻はインターネットのホームページをパソコンで呼び出した。

――なんて記事だ？

しかし聞くまでもなかった。本日のトピックの一番上の段に、次のような見出しが出ていた。


「卑弥呼の銅鏡、ついに発見。邪馬台国論争に決着か――森原考古学研究所発表」


峻は我が目を疑った。

それが見出しだった。最も刺激的な見出しである。

「丹前山《たんぜんやま》（佐賀）出土の銅鏡百枚」

「魏の皇帝から卑弥呼への贈り物」

「奈良県にある森原考古学研究所発掘センターは、佐賀県高原《たかはら》市丹前山古墳から、三世紀に邪馬台国の女王卑弥呼に対して中国の魏王朝から贈られた百枚の銅鏡を発見したと発表した」

「同古墳には、未発掘の墓室部分もあり、邪馬台国の女王卑弥呼の墓ではないかという期待が高まっている」

その後、本文記事でその内容の詳細が語られていた。

（これは大変な騒ぎになるな）

峻は直感した。パソコンの画面を、今度はテレビの画面に切り換えてみた。峻のパソコンは、テレビ番組も同時に受信できるのである。午後のワイドショーをやっていた。キャスターの質問に答えて、解説者が興奮した口調で説明している。

「この鏡の問題は、邪馬台国がどこにあるかということの一つの決め手とされていたんです。あの有名な、邪馬台国への道筋を記したとされる魏志倭人伝には、卑弥呼が遣いを送った時に、当時中国の魏王朝の皇帝が百枚の鏡を与えたと書かれています。ですから、その百枚の鏡というのは、一度は邪馬台国に来ているはずなんですね。したがって、その鏡が見つかれば、邪馬台国はそこであるということになるわけです」

「これまで、その鏡は見つかっていなかったんですか？」

と、キャスターが聞いた。

「いえ、実は三角縁神獣鏡という有名な鏡がありまして、それはこれなんですが」

と、画面に例の三角縁神獣鏡の写真が出た。画面は再び解説者の顔になって、

「この三角縁神獣鏡が卑弥呼の鏡ではないかと言われていたんです。というのは、この中に

は景初三年という年号が彫ってある鏡がありまして、景初三年というのはまさに卑弥呼が魏に遣いを送った年の魏の年号なんですよ。それが刻まれている鏡ですから、これは卑弥呼の鏡に違いないということに、これまでなっていたんです」

「しかし、今回、それとは違う鏡が発見されたんですね？」

「ええ。実は、その鏡の写真はまだ公開されていないのですが、消息通の話によりますと、それはどうも中国の後漢の形式の鏡のようです」

「後漢と言いますと、その魏の王朝の前の王朝ですか」

「そうです。あの例の三国志の時代で、劉備《りゅうび》とか曹操《そうそう》とか孫権が活躍していた、あの魏、呉、蜀ですね。そのうちの魏は一番力のあった、あの曹操のところの王朝なんです。それが一応、中国皇帝を名乗っていたわけですね。だから、その魏の王朝は、その一つ前の王朝である後漢の形式を色濃く継いでいるのですが、そのいわば後漢鏡といったものではないかと伝えられています。これは、これまで邪馬台国にとって有力であった大和説を打ち砕くものなんですよ」

「それはどういうことですか？」

「つまり、三角縁神獣鏡というのは大和を中心に発見され、しかも放射状に全国に広がっているんですね。つまり、卑弥呼が魏から貰った鏡が現在の大和河内《やまとかわち》地方に運び込まれ、そこから全国にばら撒かれたんじゃないかと考えると、この現象は非常に辻褄《つじつま》が合うんです。したがって、三角縁神獣鏡は卑弥呼の鏡であり、その鏡は大和にあった邪馬台国にもたらされたものだというのが、これまでの有力な学説だったわけです」

「そうしますと、その学説は今度の発見で崩れるわけですか?」

「まあ、崩れるかどうかは、そこまで明確なことは言えませんが、大きな打撃を受けたことは確かです。この三角縁神獣鏡については、昔から——」

まだつながったままの電話の向こうで、真実子が何か言っている。峻はパソコンのスイッチをいったん切った。

——もしもし。新聞読んだ?

——ああ。インターネットで見たよ。テレビでもやってる。

——どう、ご感想は?

——一言で言うと、まさかという感じだな。

——眉唾《まゆつば》っていうこと?

——いや、そんなことはない。仮にも考古学研究所が発表した内容だ。銅鏡百枚が見つかったことは事実なんだろう。しかし、それが直ちに邪馬台国が佐賀の高原市にあったかということになると、疑問だよな。その鏡とか、墓の他の部分の発掘状況も見ないことには、何とも言えない。

——慎重なのね。これから、そっちへ行っていい?

——いいけど、真実子のほうは大丈夫なのか?

峻は言った。真実子は香道三阿流の家元代理として、週に何回か門弟に稽古《けいこ》をつけている。今日は、その日のはずだった。

——もう終わったからいいわ。すぐに行きます。

電話は切れた。

峻はふと思いついて、大学の先輩で考古学の研究をしている羽賀《はが》に電話した。羽賀は母校の考古学教室で、助教授になっている。

——もしもし、永源寺です。

峻は言った。

——おう、峻か。めずらしいな。ひょっとしたら、あのことかな？

羽賀は笑っていた。

——ええ、あのことです。

——どう思うかっていうことか？

——そうです。

——ちょっと、まだ何とも言えないな。

——先輩は、確か邪馬台国九州説でしたよね。

——そんな粗雑な分け方をするなよ。確かに大雑把《おおざっぱ》に分ければそうだが、まだ何とも言い切れないというのが俺の説なんだから。

——それにしても、竹村先生は喜んでいるんじゃないですか。

竹村とは、羽賀の恩師の主任教授で、三角縁神獣鏡は卑弥呼の貰った鏡ではないとする説の巨頭であった。

——うちの先生も、そんなに単純じゃないさ。ま、もうちょっと判断するのはデータが出てからにしてくれ。

——わかりました。

峻はそう言って、電話を切った。

6

真実子は三十分ほどしてやって来た。蒸し暑いのに、着物を着たままである。

「そんなかっこうじゃあ、暑いだろう?」

峻は言った。真実子は額の汗を拭《ぬぐ》うと、

「何か冷たいもの、いただける?」

「いいよ。アイスコーヒーにする? それとも麦茶?」

「麦茶がいいわ」

峻は麦茶を出した。

「ねえ、どう思うの、今回の発見?」

「それは何とも言えないな」

峻は改めて首を振り、

「今も大学の先輩に電話をして聞いてみたんだけど、この程度のデータじゃ、判断の材料にはならない。何よりも、実物が公開されてないからな」

「例の森原考古学研究所ね、これは何か胡散臭《うさんくさ》くないの？」

「おいおい、そんなこと言ったら、かわいそうだよ。確かに森原考古学研究所は財団法人だけれども、だからと言って、いい加減な調査をするとは言えないだろう。だいたい、こんなことでいい加減なことを言ったら、学者生命が終わってしまうよ。もちろん、研究所の生命もね」

「そういうものなの？　ねえ、私よくわからないんだけど」

真実子は、改めて峻に尋ねた。

「何だい？」

「例の三角縁何とか鏡」

「ああ、三角縁神獣鏡か」

「その三角縁神獣鏡が、卑弥呼の鏡だとかそうではないとか、あのへんはどうなっているの？」

「うん、まあ簡単に言うとだな」

と、峻は冷蔵庫の扉を開け、自分も麦茶をコップに注いだ。

「三角縁神獣鏡には、景初三年という年号が刻まれているものがある。これは中国の年号なんだ。しかも、これは卑弥呼が魏の皇帝に遣いを出した年、そのものなんだ。そして、この鏡は大和、つまり今の奈良県あたりを中心に全国でいくつか発見されている。総計合わせれば百枚を軽く超える」

「何だ、百枚超えるの。だったら、卑弥呼の貰った鏡と違うじゃないの?」

「いやいや、そうとは限らない。銅鏡百枚と書いてあったから、それが百枚だったとは限らない。百枚というのは、多いという表現のことかもしれないからね」

「そういうもんなの?」

「まあ、中国語ではそういうこともあるさ。白髪三千丈《はくはつさんぜんじょう》のお国柄だからな」

と峻は言って、麦茶をごくりと飲むと、

「確かに、三角縁神獣鏡には景初三年という年号が刻まれてある。もっとも他のほとんどの鏡には年号はないが、問題はこの鏡が今まで一枚も中国で出土してないということなんだよ。これはこの前も言ったよね」

「ええ、聞いたわ」

「中国で一枚も出ていない鏡が、どうして卑弥呼の鏡と言えるのか。そこで、この三角縁神獣鏡は、実は卑弥呼が貰った鏡ではないのではないかという議論が成り立つ。つまり、この鏡は日本で作られたものだと見るんだ」

「日本で? でも、景初三年という年号は?」

「だから、この前も言ったじゃないか。一種の記念メダルと見るのさ」

「ああ、そうか。大和朝廷が、かつて卑弥呼が魏に遣いを送った年であるということを記念したメダルのような鏡を作り、それをみんなに配ったということ？」

「そう、王権の象徴としてね。ただし、年号の刻まれているものはほんのわずかで、残りはただの神獣鏡だ。だからこそ、百枚ではなく、何百枚も出てくるのだという説明もつく。それに三角縁神獣鏡は、地方ではわりあいまとまった数が発掘されるんだ。五枚とか六枚とか十枚とか。つまり、それはそれほど重要なものじゃなかったということも考えられるということだな。確かに大事なものではあるけれども、家宝でただ一個しかない茶碗とか、あるいは一振りしかない日本刀とか、そういったものとは明らかに違うんじゃないかという考え方もあるんだよ」

「それは結局、大和に邪馬台国があったということを否定することになるわけね」

「そのとおりだ。実は、三角縁神獣鏡は九州ではあまり出土しない。その代わり、わりあい多く出るのは後漢鏡、すなわち大陸の形式をそのまま受け継いだ鏡なんだよ」

「じゃあ、卑弥呼の貰った鏡を後漢鏡と見る人は、三角縁神獣鏡は関係ないと見るわけね」

「そうさ」

峻は窓の外に視線をやった。このところ、少し蒸し暑さが減り、雨が少なくなってきたような気がする。梅雨も間もなく明けるのだろうか。

また電話が鳴った。

(やれやれ、忙しいことだ)

と、峻は受話器をとった。

——永源寺さん、今、テレビ見ていますか?

——どなたです?

——あっ、すみません。私、東海林です。東海林夕子。

——東海林さん?

峻は受話器を耳に当てたまま、真実子を見た。真実子も、おやというような顔をした。

——どうしたんです?

——今、テレビつけてください。あの鏡をやっているんです。

——あの鏡?

峻は、今度は居間にあるテレビのスイッチを入れた。ちょうど、鏡が大映しになった。「今度発掘された鏡(森原考古学研究所提供)」というクレジットが入っている。これが、例の丹前山古墳から発掘された百枚の鏡の一枚であろう。写真が公開されたらしい。

——これが、どうかしたんですか?

——あの鏡なんです。

——あの鏡?

——ええ。彼が亡くなる時、抱きしめていたのは、この鏡なんです。

——何ですって?

峻は驚いて聞き返した。

驚きのあまり、峻は、次の言葉が出なかった。はるか遠く九州佐賀で発掘され、今、公開されたばかりの鏡。その鏡を、なぜ殺された田口が抱え込んでいたのだろう。

――もしもし、もしもし。

夕子の声で、峻は我にかえった。

――聞いています？　永源寺さん。

――ええ、聞いています。東海林さん、詳しいお話を伺いたいのですが、今からこっちへ来られませんか？

――ええ、今ちょっと仕事をしていますけど、片づけたら伺います。六時でいかがですか？

――わかりました。お待ちしてます。

峻は電話を切った。真実子は、それを待っていたかのように勢い込んで、

「どうしたって言うの？　まさか、あの鏡が？」

「そうなんだ。死んだ田口さんが握りしめていたのは、あの鏡だって言うんだ」

「だけど、そんなことって考えられる？　あれは、田口さんが殺された当時は、まだ未発表の鏡でしょう？　どうして、彼が持っていたのかしら」

「さあ、どうしてかな。何か事情があって、先に手に入れたのか、それとも別のところから持ってきたのか」

「別のところって、どこよ？」

「そんなこと、わかんないよ」

峻は首を振って、

「ただひとつ言えることは、鏡が殺人のカギを握っているってことだよな」

峻はそう言って、置き時計を見た。まだ四時を少し回ったところである。

7

二時間ぐらいして、夕子が息せき切ってやってきた。片手には、駅売りで買ったらしい夕刊紙が握られており、そこには新しく丹前山古墳で発見された鏡のカラー写真が載っていた。

「なるほど、これか」

それは、幾何学模様の区割りの中に、動物の姿が描かれた方格規矩四神鏡《ほうかくきくししんきょう》だった。これは後漢の鏡である。峻は、そのことを二人に説明した。

「四神っていうと、どんなもの？」

真実子が聞いた。

「今、ブームの風水《ふうすい》にも出てくるんだけれども、東西南北を守護する四つの霊獣のことを言うんだ。北は玄武《げんぶ》、南は朱雀《すざく》、西は白虎《びゃっこ》、東は青龍《せいりゅう》、つまり亀と鳥と虎と龍だよね。この四つのおめでたい神獣が四方を守ってくれるから、世の中は安泰であるという考え方がずっと昔からあったんだ。その思想を表したものが、この鏡だよ。大きさは、そう、七寸（約二十一センチ）ってところかな」

「じゃあ、三角縁神獣鏡よりは小さいのね」

「そうだね。三角縁神獣鏡は九寸（約二十八センチ）はあるからね」

「田口さんが握っていたのも、これと同じぐらいの大きさだったのよね？」

　真実子が夕子に言った。

　夕子はうなずいた。

「そうだね。この鏡が確かに、彼が死んだ時に握っていたものだとすると、考えられるのは、まず、彼が発掘現場からこれを持ち出したということだろうな」

「持ち出した？　そんなことできるの？」

「うん。実は考古学上の発見というのはね、発表されるまで時間がかかるものなんだ。普通の事件だったら、その日のうちに記者発表があるけれども、考古学の場合は関係者がじっくり調査して、結論をある程度まとめてから発表する。マスコミも見物人も押しかけるし、そうでもしておかないと、混乱が起こって大変なことになるからね。特に、このような大発見の場合はそうだよ。だから、関係者は事前に発表の内容を知っていることはよくある。その時点では、当然、発掘はある程度終わっているわけだから、鏡を持ち出すことは不可能ではないと思うよ」

「でも、仮に持ち出したのが事実としても、どうしてそれが殺人の理由になるの？」

「そうだな。それは、正直言ってわからない」

峻は首を振った。

「あの森原考古学研究所が、彼が抜け駆けしようとしたのをやめさせたんじゃないでしょうか」

夕子が言った。

「抜け駆けと言いますと？」

「つまり、このことの発表です」

「そうですね」

峻はしばらく考えていたが、

「僕は確かに、考古学者の功名心というものを否定するわけではありませんよ。だけど、この場合はどうでしょうか。仮に彼が鏡を持ち出して、それを何らかの形で論文で発表したとしても、その出土した古墳は森原考古学研究所全体が発掘調査に当たっているということは、誰でも知っているし、調べればすぐわかることですね。そういう時に、自分だけの発表のように言い立てようと思っても、無理じゃないですか」

峻は穏やかな口調で、自分の考えを述べた。

「でも、殺された現場から鏡がなくなっているというのは、否定のしようもない事実よね」

真実子が言った。

「だから、やはり森原考古学研究所が一枚かんでいると見るのが常識じゃないかしら。だって、逆に言えば、そんな鏡の存在自体、森原考古学研究所の所員以外は知らなかったということでしょう？」

「そうだね。とにかく、東海林さん」

と、峻は夕子に向かって、

「このことを警察に話してください。あなたの見たとおりの事実をね。この鏡が、彼の握りしめていた鏡だったということは、非常に重要な手掛かりですから。何でしたら、僕もこれから警視庁に行きましょうか。僕も富沢警部に会ってみたいし」

「警部、まだいるかしら？」

「いるとも。殺人事件の捜査中は、ずっと居残って部下の報告を聞くというのが、彼の仕事だからね。捜査会議もあるはずだし」

峻は、さっさと支度を始めた。

警視庁には、真実子もついてきた。峻が面会を求めると、富沢警部は峻と夕子と真実子の三人を応接コーナーに通して、

「何か重要な手掛かりだそうだけれども、新しく思い出したことでも？」

と言って、煙草《たばこ》に火をつけた。

「これですよ」

峻は『世紀の大発見』という大きな見出しがついた夕刊を、富沢に示した。

「ああ、これか。これがどうかしたの？」

「警部、実は死んだ田口さんが握りしめていたのは、その鏡だったそうです」

「何だって？」

富沢は驚いて夕子を見て、確認を求めた。夕子は大きくうなずいた。

「それはおもしろい事実だな。大変興味深い事実だ」

と、富沢はいったん吸いかけた煙草を灰皿でもみ消すと、

「永源寺さん、そんなことがあるんですかね。発表前の鏡が、一研究所員の手元にあるなんてことは」

「ええ、それはありえないことじゃありません」

と、峻は先ほど夕子に説明したのと同じ説明をした。富沢はうなずいて、

「なるほど。だが、そうだとしても、なぜ、それが殺される理由になったのかということですな」

「ええ。東海林さんは、考古学研究所内の手柄争いじゃないかと言うのですが、それはちょっと考えられないことなんです」

と、峻はその根拠を述べた。

「なるほどな。そうすると、でも、ますますわからなくなる。いったい、何で鏡を持ち去る必要があったのか。そうだ、その金銭的価値はどうですか？」

富沢は尋ねた。

「金銭的価値ですか？」

峻はちょっと考えていたが、

「もし、これが本物なら、おそらく国宝になるでしょうね。国宝になった以上、勝手な売買はできませんから、ほとんど市場に出ないということも考えられます。だから、価値としてはかなりのものでしょう。だけど、かなりのものと言っても、どうでしょうね。同じものが百枚あるんだから、いかに門外不出としても、まあ数百万。もう少しいくかもしれないけど、それだけの価値ですよ。

それにもう一つ重要なことは、仮にそれを手に入れたとして、いくらそれぐらいの金銭的価値があるからと言っても、売れやしませんよ」

「売れない？」

富沢が意外そうに言った。

「そうですよ。だって、そんなもの、誰が買うんです？　東海林さんの証言で、それは殺人に関係した鏡だっていうことがわかっているんですよ。それは犯人の予期しないことだったかもしれないけど、仮に殺人に関係した鏡じゃないとしても、この鏡の模様は全部同じで、丹前山古墳から出た百枚中の一枚の鏡だっていうことがわかってしまうんです。わかってしまう以上、それは盗品故買《こばい》と同じことになるじゃないですか。出所がはっきりわかっているんだから」

「なるほどな。しかし、マニアというのは自分のほしいものを集めるためなら、とんでもないことをしたりするものだが」

「鏡オタクですか。そんな人間がいるかなあ」

峻は首を傾げた。

「それに、今度の犯人はかなり冷静なやつですよ。人を殺し慣れてるとまでは言いませんが、夕子さんがすぐに警察を呼んだのに、身の危険を感じるどころか、偽《にせ》電話で夕子さんを部屋の外へ追い出して、鏡を持ち去ったやつですからね。普通の人間なら、泡を食って逃げ出してますよ」

「そうだな。そのへんが、私も犯人像についてちょっと違和感のあるところなんだが」

富沢は腕組みをして考え込んだ。

「捜査に進展はあったんですか。何か手掛かりは?」

「いや、今のところ、何もない。有力なものはな」

「隠してるんじゃないでしょうね」

「いや、嘘は言わんさ。何しろ、第一発見者で婚約者のいる前だ」

「そうかなあ」

「いや、本当に何もないんだよ。藁《わら》にもすがりたい気分さ」

富沢は言った。それは本音であった。

田口の周辺をいくら捜査しても、本人が殺されるに到るような動機はまったく見当たらないのだ。恨みを抱いている人間など、一人もいない。それなのに、なぜ田口は殺されなければならなかったか。もちろん、物盗りでもないだろう。確かに鏡という物が一つ盗られているが、それ以外に金銭的な被害はまったくないのである。やはり、事件のカギは謎の鏡にあると、富沢も思っていた。

「しかし、卑弥呼の鏡とはな」

富沢は、新たに煙草を出して火をつけて一服すると、

「まさか、そんなものが事件にからんでくるとは。これはなかなか面倒くさいことになりそうだ。永源寺さん、われわれはどうするべきですかね」

「そうですね。とりあえず、その丹前山古墳の発掘状況を見守ることでしょう。新聞のスクープという形で先行したんで、まだ発表する側も準備が整っていないと思うんです。ここ数日のうちには、きちんとした記者会見も行われるだろうし、遺物も公開されるでしょう。ひょっとして、現場も一般公開されるかもしれない。そしたら、僕は佐賀に行ってこようかと思うんです。その丹前山古墳なるものが、どのようなものなのか。本当にそれだけの考古学的価値があるものなのかということを、じっくりこの目で見てきたいと思っています」

「そういえば、丹前山なんて聞いたことのない古墳ですな。それが果たして、日本史のカギを握るような古墳であるなんていうことがありうるんですか」

「それは、まったくないとは言えません。例えば有名な例で言えば、高松塚古墳も昔からあのあたりにあるということは知られていましたが、まさかあんな壁画を描いたような素晴らしい遺構が出てくるとは、みんな夢にも思っていなかったんです。古墳というのはね、だいたい地元の人間はよく知っているんですよ。昔から、そこにありますからね。ただ、中を開

けてみて、とんでもないものが出てくるというのが、わりと珍しくないことは事実です」

「そうですか。じゃあ、古墳のことがわかったら、私にもレクチャーしてくださいよ」

「わかりました」

峻は、その点は請け合った。

それからの一週間は、考古学ファンにとっては、まさに焦《じ》らしに焦らされる形となった一週間だった。森原考古学研究所は、鏡の周囲は発掘したが、まだ主要な核の部分は発掘しきっていないとして、これ以上の公開を拒んだ。それについてマスコミは、なぜ早く公開しないのかと森原叩きのキャンペーンをやり、ラジオも含めて早期公開要望の大合唱をした。

だが、本当に森原考古学研究所の言うことが正しければ、それは無理なのだということは、峻にはよくわかっていた。例えば、以前話題になった藤ノ木《ふじのき》古墳の石棺の例がある。この棺は、かつて盗掘されたことがなく、ほとんど無傷に近い状態で発見された。内部もファイバー・スコープにより、国宝級の遺物が多数あることが確かめられた。

ところが、そうなってくると、今度は簡単に蓋《ふた》を開けることができないのである。数百年間土中で安定した状態に保たれていたものを、急に普通の空気に触れるところで開ければ、内部のものは一気に変質が進み、遺物自体破壊されてしまう可能性も充分に考えられる。戦前の発掘では、そうした遺物が低い水準の技術で開けられたために、変形したり破壊されてしまったりしたケースも少なくなかった。古い遺物というものは、直射日光に当たるだけでも、腐敗、酸化などの変質が始まるのである。

そのため、藤ノ木古墳の石棺については、国のプロジェクトチームが作られ、内部の遺物を損なわないための技術的環境が整えられた上で、初めて開棺が行われた。その間、三年以上の歳月が流れている。あまりの長さにしびれを切らした一部マスコミや韓国などでは、藤ノ木古墳には日本の天皇家のルーツが朝鮮半島に係《かか》わることを証明するものがあり、だからこそ、開くのを躊躇《ためら》っているのだという見解がまことしやかに語られたほどであった。もちろん、それは事実ではない。遺物が貴重であればあるほど、それを開封するためには最新の技術が必要なのだ。

それに、いかに最新の技術とは言っても、それは十年前、二十年前、あるいは百年前に比べて優れているというだけであって、やはり遺物の一部破壊につながることは間違いない。だから、天皇陵の古墳などについても、現在は宮内庁が発掘禁止を強制しているが、やむを得ないことだと考える見方すらある。つまり、もっと考古学に関するいろんな科学技術、年代測定法や遺物保存の技術などが進んでから開封しても遅くないではないか。とりあえず、土中に埋納した状態で保存しておくのが一番いいとする考え方である。確かにこの考え方も、藤ノ木古墳の石棺のことを考えれば、一理ないとは言えないのだ。

森原考古学研究所は、あくまで学問の正道を貫くという姿勢をとっていた。とりあえず、発掘された銅鏡百枚についてはいずれ発表するが、古墳の奥の竪穴《たてあな》式墓室の部分は、藤ノ木古墳の時と同じようにプロジェクトチームを作って、慎重に発掘する姿勢をとることを言明していた。

その有力な理由の一つに、この古墳は盗掘の気配がないということが挙げられていた。すなわち、手つかずで遺物が発見されるということだ。そのため、一部の週刊誌では丹前山古墳こそ卑弥呼の墓であるとか、卑弥呼の遺体が埋まっているに違いないとか、棺の中には卑弥呼が魏の皇帝から与えられた親魏倭王《しんぎわおう》の金印が見つかるだろうと、断定的に報じているものもあった。言うまでもなく、親魏倭王の金印とは福岡県志賀島《しかのしま》で見つかった、漢委奴国王印《かんのわのなのこくおういん》と同じ形式であるとされる金印である。もちろん、今まで一度も見つかっていない。

峻は翌日、とりあえず現場を見ておこうと、羽田から飛行機に乗って福岡へ向かった。佐賀には空港がない。福岡空港で降りるとレンタカーを借り、高速道路で佐賀平野に入った。佐賀平野はかなり広い平野で、高速の彼方に脊振《せふり》山地の山並みが見える。

(あのあたりだろうか)

峻はレンタカーを運転しながら、そちらのほうに視線を向けた。

ずっと水田が広がる平野の一角に、神社の森があり、その近くにお椀《わん》を伏せたような小さな山があった。

山と言うより、丘と言った方がいいだろう。

その丘の中央部にプレハブが二棟建てられ、ふもとにもさらに大きなプレハブがある。丘の上の建物は発掘部分を保護するためのものだろう。下の建物は宿舎兼事務所に違いない。

(意外に小さいな)

と、峻は思った。

峻は、はじめは卑弥呼の墓というなら墳丘墓《ふんきゅうぼ》か周溝墓《しゅうこうぼ》ではないかと思っていた。

いずれも古墳より一時代前の形式で、古墳が平たい地面に土を盛って造るのに対し、墳丘墓は自然の丘を削って形を整えて墓にしたものである。近くの吉野ヶ里《よしのがり》の「王墓」はこの墳丘墓で、発掘以前は「みかん山」になっていた。

一方、周溝墓は堀をめぐらした区画の中に造る墓で盛り土はない。

しかし、丹前山古墳は、自然の山に連なるような形で、山塊と平地の接点に設けられていた。墳丘の上には松が何本か生えているが、あとは下草が少しあるだけだ。

事務所の前には、平日というのに、何人か一般の考古学マニアらしい人間がいた。

その中の、初老の男に、峻は話しかけた。

「一般公開はしないそうですよ」

男は言った。

「そうですか。いつ頃になるんでしょう」

峻はたずねてみた。

「さあ、ガードが固くて——。普通はもっと丁寧に教えてもらえるもんですがね」

男は不満そうに言った。

「忙しいんじゃないですか」

「そりゃあ、忙しいのはわかってますけれどもね。まるで、木で鼻をくったような対応なんですよ。報道の人も怒ってましたよ」

確かにそういう雰囲気は感じられた。

事務所の入口の横には、「関係者以外立入厳禁」と、毒々しい赤で書かれた看板が立っていたし、ご丁寧《ていねい》に古墳の周囲には黄色いロープまで張ってある。

考古学マニアの中には、デリケートな遺跡保存のルールを守らずに、勝手に土足で踏み込んでいくような連中が、いないわけではない。

だから用心するのは理解できるが、あまりにもトゲトゲしい感じがした。

一般公開前とはいっても、熱心なファンが集まれば、手の空いている職員が臨時解説くらいはしてくれるものだが、ここはそういうサービスも一切しないという。

峻は仕方がないので写真を撮ることにした。

交換レンズをいくつか持ってきていたので、遠景や全体像、それに中心部分を様々な角度から撮影した。

もっとも肝心な部分にはまったく近寄れないから、望遠レンズでかろうじて押さえただけである。

(この分じゃ、また来ることになるだろうな)

一通り撮影を済ませると、今度は近くの神社の森に入った。

神社には何が祀《まつ》られているかが、気になったのである。

まったく古墳と関係ない場合もあるが、周辺の住民に被葬者《ひそうしゃ》(墓に葬られた人)の記憶が残り、それに関連する神が祀られているケースがないとはいえない。

森に入ってみると、神社といっても社殿はごく小さく、人一人がようやく入れるぐらいの大きさだった。

しかも、木造ではあるがかなり新しいものだ。

(コンクリートじゃないだけマシか)

もっとも社殿が新しいからといって、神社自体も新しいとは限らない。

伊勢神宮も二十年に一度建て替えている。いわゆる遷宮《せんぐう》だ。神社は寺院と違って、古い建物を必ずしも尊ばない。

常に「若く」新しい方がいいという発想があるからだ。

こんな小さな社殿では、常駐の神官はいないし、社務所のようなものもなかった。

神社の由緒が書いてある案内板のようなものがないかと、峻はあちこち探したが、それもなかった。

普通の史跡には、地元の教育委員会か観光課が立てたものがあるが、ここには何もなかった。

(あまり注目されていなかったのかな)

そういうことは珍しいことではない。

例の吉野ヶ里遺跡にしても、あそこにあんな大規模な遺跡があるなどとは、地元の伝説にすらなかったのである。

工業団地を造るために工事を始めたところ、初めて遺跡が発見され、発掘していくうちに大変なものであることがわかったのだ。

遺跡の真ん中に小さな神社があったが、それまで誰も注目しなかった。式内社《しきない》ではなかったからだ。

式内社とは、平安時代の年中行事などを記した『延喜式《えんぎしき》』という書に、記載されている神社のことで、この時点での日本にある由緒ある古い社《やしろ》はすべて記されているとされていた。

しかし、峻自身は、どうもそうではないのではないか、と最近では考えるようになっている。平安時代は確かに千年以上も昔だが、それより昔の邪馬台国から数えれば、五百年ほど新しい時代でもある。

邪馬台国以来の由緒ある神社が、何らかの理由で記入もれになっていても、不思議はない。

神社は、ふつう社の名を記した額が、かかげられているものだ。

峻はそれを探した。

「丹前神社」とある。

丹前山の近くにあるから、丹前神社なのだろうが、この由来を何とか調べてみたいと思った。

郷土史家に聞くか、図書館で調べるのが一番いいのだろうが、とにかく写真を撮っておこうと、峻はカメラを取り出した。

「おい、そこで何をしている」

背後から声がしたので、峻は振り返った。

そこにはいつの間にか作業服を着てヘルメットをかぶった男が数人いた。

先頭の男は、この蒸し暑いのに革のジャンパーを着て、サングラスをかけている。ヘルメットはかぶっていない。

峻は嫌な予感がしたが、とにかく答えた。

「写真を撮ってます」

「勝手に撮るな」

サングラスの男は高圧的に言った。

峻はむっとして、

「なぜです。これを撮るのに許可がいるんですか?」

男はそれには答えず、

「おまえ、あの古墳を見に来たのか」

「そうですけど」

「とっとと帰ってもらおう。ここは、おまえなんかの来るところじゃない」

「何を言うんですか、失礼な」

峻は憤然とした。

男がいきなり殴りかかってきた。

峻は、まさかそこまでしてくるとは思わなかったので、したたかにパンチをくらった。

「何をする!」

抗議する間もなかった。

それが合図であったかのように、男たちが一斉にかかってきた。

峻は、一人二人は合気道の技で投げとばしたが、相手は角材のようなものを持ち出して、峻の向こうずねを打った。

激痛に思わずうめいて前かがみになったところを、今度は首筋を打たれた。

目の前に火花が散り、意識が薄れた。

(こいつらはなんだ。なぜ、こんなことを——)

もう一発、とどめをくらって峻はその場に倒れ込んだ。

8

「しっかりしなさい、大丈夫かね」

声が聞こえた。峻は、ようやく目を開けた。まだ、目の前に何かチカチカと火花が走っているようだった。起き上がろうとすると、全身に激痛が走った。

「どうなすったね?」

視界がようやく正常に戻ると、峻は目の前に老人が立っているのに気がついた。心配そうな顔で、こちらを見ている。

(どうしたんだ)

峻は、ズキズキ痛む頭をさすりながら考えた。

(そうだ、殴られたんだな)

峻はようやく立ち上がった。老人は、よろめく峻に肩を貸した。

「すみません」

「どうしたんだね、いったい?」

「いや、僕にもわからないんですよ」

そう言って、峻は乱闘直前の会話を思い出していた。

「僕は、あの丹前山古墳のことを調べにきた人間だって言ったら、いきなり複数の男が殴りかかってきましてね。多勢に無勢で、ボコボコにやられちゃったんですよ」

「ほう。喧嘩《けんか》じゃないのかね」

「とんでもない。喧嘩なんかじゃありませんよ。僕は何も彼らのことを知らないし、何で殴ってきたのかもわからない」

「まあ、この近くにわしの家がある。休んでいかんかね」

老人は親切に言ってくれた。

「ありがとうございます。では、お言葉に甘えて」

峻が連れていかれたのは、山の麓にある小さな一軒家だった。猫の額ほどの水田の脇に建っている。農家らしいが、他に人影は見えない。

「まあ、茶でも飲みなされ」

と、老人は茶碗を峻の前に置いた。峻は縁側に腰掛けて、礼を言ってそれを飲んだ。

庭には鶏《にわとり》が放し飼いになっており、柿の木がある。家も昔ながらの日本家屋で、ちょうど童話に出てきそうな、今時めずらしい佇《たたず》まいの家であった。

「こちらは、農業をやっておられるのですか」

「まあ、細々とな」

老人は座布団《ざぶとん》を持ってきて峻にも勧めると、自分もそれを当てて、

「このあたりじゃ、あまりいい米が穫《と》れんし、息子たちもみんな都会へ出ていってしもうた。連れ合いも五年前に死んだし、今はわし一人だよ」

「そうですか」

峻はどう答えていいか、ちょっと戸惑った。このあたりは、やはり過疎地なのだろうか。

「なまじ高速ができたのがいかんかったな。すぐに福岡に行けるようになってしもうた。やっぱり、若者は都会を好むからの」

「一人暮らしじゃ、お寂しいでしょうね」

「いや、そうでもないよ。もう気楽でいい。農作業というのは、適度な運動にもなるしな。それにしても」

と、老人はお茶をグッと飲み込んで、

「あんたいったい、どうしてそんな目にあったんだね」

「さっぱりわかりません」

と、峻は改めて姓名を名乗った。

「僕は東京から来た永源寺峻という者ですが、あなたは？」

「わしか。わしは青木という者だ。このあたりに先祖代々住んでおる」

「どうして殴られたのか、さっぱりわからないんですよ」

峻は訴えた。

「とにかく、僕は何も悪いことはしていないはずなんです。それなのに、いきなり怪しげな連中に」

「どんな連中だったね？」

「そうですね、サラリーマンじゃないな。何かジャンパーや作業着にヘルメットをかぶった、土木作業員のような、あるいはやくざのような」

「ははぁ、ひょっとすると奴らかな」

青木老人は呟《つぶや》いた。

「奴らって、誰です？」

「このあたりを仕切っている、丸中組という土建屋だ。もっとも、建設会社を名乗っておるが、実際はやくざの隠れ蓑《みの》らしい」

「それが、どうして僕に乱暴なんかするんですかね」

「何、奴らは気に入らないのさ、あの古墳が」

「古墳が？」

峻は首を傾げた。古墳と建設会社とが、どうして結びつくのだろう。

「開発の邪魔になるからさ」

あっさりと老人が言った。

「と言いますと？」

「簡単なことだ。もし、あの古墳が本当に卑弥呼の墓だとすると、まず国指定の史跡になるだろう」

「そうですね」

峻は頷いた。それは、まず間違いのないところだ。何しろ、日本のルーツとも言える邪馬台国の最も重要な女王の墓なのである。

「となると、ひょっとしたら、このあたり一円も邪馬台国そのものとして、大々的な発掘が始まるかもしらん」

「そうですね」

峻は頷いた。しかし、その時は、まだそれがどういう意味を持つかわからなかった。

「となると、このあたりの新規開発は一切禁止されることになる。現状は凍結された上に、もしさらにそれこそ邪馬台国の遺構でも出てこようものなら、このあたりは国立公園となり、一切の建造物の新築が許されなくなる」

「つまり、それが彼らにとって都合の悪いことだということですか」

「まったく、そのとおりだよ。考えてもみなさい。丸中組は、このあたりで大規模プロジェクトが行われれば、ゼネコンの傘下《さんか》に入り、最も甘い汁を吸える立場にいるんだ。ところが、あの古墳がすべてをぶち壊してしまうと、彼らは思っているんだな。実際そうだし」

老人はあっさりと言った。峻は憤慨して、

「それにしたって、僕を殴れば古墳がなくなるというものでもないですよ。そんなこともわからないのだろうか」

「まあ、彼らとしては、ここを調べにくる連中に乱暴をすれば、誰も寄りつかなくなると思っているんじゃないのかね。そんなことは、まったくの逆効果なんだがな」

老人は呆れたように言った。峻もまったく同感だった。そんなことをして見物人を締め出そうと思っても、結局、好奇心をかき立てる結果に終わるだけだ。それに、わずかな人数でそんなことをしても、これから殺到するであろう人間を抑えることなどできない。古墳が公開されれば、おそらく同じ県内にある吉野ヶ里遺跡のように、年間数万人の人間が訪れることになるだろう。

「ひょっとしたら、あんたは代表として狙われたのかもしれんよ。広報関係の人間だと思われたんじゃないかな」

「なるほど、僕を狙って、そのことによって危険なイメージを語らせようとしたというわけですか」

「まあ、そういうことも考えられるんじゃないかな」

「それにしても、このあたりを大規模に開発しようとする計画は、何かあるんですか」

「さあ、具体的な話は聞いておらんがな。ただ、わしのところにも土地買収に来たよ」

「土地買収？　このあたりをですか」

「いや、ここじゃない。もっと、あの丹前山近くの広い土地だ。ま、三千坪ぐらいだがな」

「三千坪」

峻は驚いて言った。

「それは大変な財産ですね」

老人は笑って、

「いやぁ、あんた。東京のつもりで考えちゃ駄目だよ。ここは佐賀県だからね。何十分の一だよ、地価は。二束三文の土地ということだろうな。ろくな作物もできんし」

峻は、どうもその話が気になった。

「青木さん、この土地を買いにきた人って、どこの会社の人ですか。丸中組ですか」

「いや、そんなところじゃなかったよ。ちょっと待ちなさい」

老人は奥へ入っていくと、古ぼけた簞笥《たんす》の引出しを開け一枚の名刺を取り出し、峻のところに持ってきた。その名刺には、株式会社ウエスト・リゾートと書いてあった。

「聞いたことのない会社ですね」

峻は率直に言った。

「ああ、そう。それはわしも言ったんじゃ。あんたのとこ、信用できるのかって言ったらな、うちは西岡グループの子会社ですと言っておったがの」

「西岡グループ？」

峻は意外な名前を聞いて、ちょっと驚いた。西岡グループと言えば、日本有数の大コンツェルンである。不動産、電鉄業、デパートなどに進出しており、その規模は日本の枠を越え、会長の西岡宏は世界有数の資産家とさえ言われている。おまけに、例の森原考古学研究所の理事長もしている。

（西岡グループは、こんなところに土地を買って何をする気なんだ？）

峻は、それを疑問に感じた。どうも、この事件はわからないことが多すぎる。

9

東京へ帰ると、峻は警視庁に行き、富沢警部に丹前山古墳での出来事を報告した。

「告訴したのか」

と、警部はまずそれを尋ねた。

「告訴も何も、相手がわかりませんよ」

「だったら、警察に捜査してもらえばいいじゃないか。そのための警察だ。君だって、税金払っているんだろう」

富沢は不満そうに言った。

「それはもちろん、税金は払っていますけれども、警察の人からそんなことを言われるとは思わなかったな」

峻は苦笑した。富沢はますます難しい顔で、

「笑い事じゃないよ。そいつらが、今度の事件のカギを握っているかもしれないじゃないか。ちゃんと警察に被害届けを出して、捜査の対象にしておくんだよ。そうすれば後々になって、それが事件の解決に貢献するかもしれないんだから」

「そうですね」

峻は、確かに富沢の言うことにも一理あると思った。東京と佐賀、まったく千数百キロも離れた地点の間での事件は、まったく関連がないと決めつけるのは早計である。なぜなら、殺された田口直樹は、その丹前山で出土した鏡を確かに握っていたのだから。もっとも、森原考古学研究所ではそんなことはありえないと言っているが。

「そいつらの顔は覚えているのか」

「それが、顔が汚れていたんで」

「汚れていた？」

「今から考えると、土か何かなすり付けて、わからないようにしていたんでしょうね。油汚れかもしれませんが、とにかく人相がわからないような程度に顔を汚していました」

「じゃあ、プロかもしれんな。君だって、多少腕に覚えはあるんだろう？」

「ええ。まあ、一対一なら少しは抵抗もできますが、ああ大勢に寄ってたかってやられちゃ、たまったもんじゃありませんよ」

「それで、体のほうは無事なのか」

「やっと、それを聞いてくれましたね」

と、峻は笑って、

「大丈夫です。打撲の程度は軽くて、消炎剤を塗っておけば二〜三日で治るそうです」

「とにかくだな、体には注意してくれよ。くれぐれも、身の安全に気を配るように」

「ありがとうございます。そうします」

峻は、今度は真顔で礼を言った。

「ところで、その西岡グループが土地を買い占めようとしていたというのは、事実なのかい？」

「ええ。あの後、他の地権者にも二、三確かめたんですが、確かに西岡グループの子会社があのへんの土地を買っています。もう、現に売ってしまった者もいて、相当量土地が買われているようです」

「あんなところに土地を買って、何をするつもりなのかな」

富沢は煙草に火をつけながら言った。

「そうですね。新幹線を通すとも思えないし」

峻も不思議そうに言った。

「大工場地帯でも造るかね」

富沢が言った。

「いや、もうそういう時代じゃないでしょう。それに、あんなところで造ったたって、高原市の人には悪いけれども、採算とれるとは思えません。もっと海に近いほうがいいんじゃないでしょうか」

「あのへんは、港はあったっけ？」

富沢は、遠くを見るような目つきをして言った。

「いや、ないんですよ。近くの有明海《ありあけかい》は遠浅の海ですからね。ムツゴロウなんかがいるところです。もっとも、北側の唐津《からつ》のほうへ行けば、天然の良港がありますが」

「ああ、唐津というのは、佐賀県なんだね」

「ええ。もっとも、佐賀藩じゃありません。あそこは唐津十万石で、別の大名の領地です。だから、今も気風が違うんですよ。私の友人は、佐賀というと怒るんですね。唐津の出身だって言うんですよ。これもちょっと、ひどい話なんですけれども」

「そうなのか。じゃあ、開発は遅れているわけだな」

「そうなんです。もうひとつ言えば、これも悪口になっちゃうといけないんですが、あそこには空港がないんですよ。もっとも、近くの福岡にあるから、それで済んでいるんだっていう考え方もありますが」

「空港ね、なるほど。それじゃあ、中央との交流は不便だろうな。陳情とか」

「そうですね。まあ、でもそれなりにのんびりしていいという評価もありますよ。ところで、西岡グループのことですが、ちょっと調べてもらうわけにはいきませんか」

「君は、関係があると踏んでいるのかね？」

富沢は少し面倒臭そうな顔をした。

「ええ、ちょっと」

「わかった。しかし、本筋じゃないから、あまり手間はかけられないよ」

「わかっています。僕が知りたいのは、西岡グループがなぜあそこで土地を買い占めようとしているのか、何をするつもりなのかということなんです。彼らが何をするにつけ、丹前山古墳はその障害になりますからね」

富沢はふっと顔を上げて、

「君はまさか、今度の事件の黒幕が西岡グループだと言うんじゃないだろうね」

「いえ、そんなことは言いません。まだ、データ不足ですよ」

峻はそう言って、言葉を濁した。

10

富沢の指令を受けて、岡田刑事は単独で西岡グループの総本社ビルを訪れた。副都心の東京都庁近くに建つこの五十階建ての高層ビルには、西岡グループの中枢が集まっている。

岡田はその中の、西岡不動産本社の営業本部長篠原《しのはら》という男に面会を求めた。篠原は五十を少し過ぎた、恰幅《かっぷく》のいい男である。どちらかというと痩《や》せぎすの岡田は、応接間に通されると、単刀直入に要件に入った。

「おたくが、佐賀県高原市の丹前山一帯で大々的に土地を買っているという情報があるんですが、それについてお伺いしたいのです」

「ほう、高原市というと、どのあたりですかな」

篠原は首を傾げて言った。

「今、話題の卑弥呼の墓とも言われている丹前山古墳のあたりですよ」

「おお、あのあたりですか。はて、そんな買収計画があったかな」

「直接買収に当たっているのは、おたくの子会社のウエスト・リゾートという会社なのですが」

「ああ、ウエスト・リゾートね。はい、確かにうちの子会社ですが、それが何か?」

「どういう意図で、あのあたりの土地を買われているのか、それをお伺いしたいのです」

「刑事さん、これは何の捜査ですか」

「殺人事件です」

「ほう、殺人」

と、篠原は大仰に驚いてみせ、

「その土地買収と殺人が、何か関係あるのでしょうか」

「まだ、関係あるともないとも申せません。ただ、周辺捜査ということで、ご協力願いたいもので」

「周辺捜査ね。いや、そのウエスト・リゾートの買収計画のことは初耳です。ちょっとお待ちください」

篠原はそう言って立ち上がり、部屋を出ていった。

(初耳のはずがない)

と、岡田は思った。佐賀県警の調査では、ウエスト・リゾートの土地買収計画はかなり大々的に強引に、地上げまがいのことも行われているのである。しかも、その買収価格が相場をはるかに超えた高額であった。子会社が何十億という買収資金を、右から左に捻出《ねんしゅつ》できるわけがない。当然、そのことは本社の了解をもらってやっていると考えるのが常識である。あるいは、本社がダミーとして子会社にやらせているという可能性も充分にあった。

十分ほどたって、篠原は書類を片手に戻ってきた。

「いやあ、失礼しました。これですね」

と、篠原は岡田に書類を見せた。それは、大規模な別荘地開発のパンフレットの下書きであった。

「まだラフ・スケッチの段階で公表はしておりませんが、あのあたりに一大別荘村を造ろうという計画があるんですよ」

たように思いますが」

「でも、あのあたりは特に気候がいいとか、温泉があるとか、そういったところじゃなかっ
「ええ、そうです」

岡田は意外そうに言った。

「別荘村ですか」

「おっしゃるとおりで、佐賀平野のどちらかというと周辺部分で、何もないところですから
な。でも、あのあたりだからこそ土地が安く、比較的いい条件の住宅が建てられるんですよ。
日本も高齢化社会に突入して、年金生活者が増えてまいります。その中で、費用のかかる都
市には住みたくなくて、田舎ののんびりしたところに住みたいというニーズは多いんです。
ところが、軽井沢とか蓼科《たてしな》とかいった有名別荘地は高くて、普通のサラリーマンの退職者に
は手が届かない。そこで当社としては、そういう方々のご希望に副《そ》えるような形でのリゾー
ト開発、別荘地開発を目指しているわけです。その第一弾がこれでして。だから、有名じゃ
ないほうがいいんですよ。むしろ、名も知れぬところのほうが、値段が安いということです
ね。まあ、別荘地の大衆化とでも言いますか」
「なるほど。じゃあ、今度の発見は、おたくの社にとっては打撃ですか」
「打撃と言いますと？」
「あのあたりが、もし大規模な史跡であることがわかって、史跡指定を食らったりしたら、
おたくたちは丸損になるんじゃないですか」

「ははは、耳の痛いことをおっしゃいますね。確かに、そうかもしれません。しかし、まだ丹前山古墳というもの自体、海のものとも山のものともわからないんじゃありませんでしたか。それに、古墳一つが史跡に指定されたからと言って、われわれの事業は打撃を受けません。むしろ、全国的に有名になって、かえって好都合とも言えます」

篠原は笑顔で言った。だが、岡田はどうもその底に何か隠しているような感じを拭《ぬぐ》えなかった。

11

「本当に、別荘地開発をするつもりなのかしら」

真実子は言った。峻のマンションの一室である。峻は、先ほどから九州の地図を睨《にら》みつけるようにして見ていた。

「そうじゃないと思ったからこそ、富沢警部も僕にその情報を教えてくれたのさ」

峻は言った。

「じゃあ、何をするつもりなの？」

「それはわからない。だけど、別荘地開発というのが表向きだということは確かだ。現地の警察の調べじゃ、西岡グループの子会社はかなり強引な方法で、あの土地を買いあさっているらしい。まあ、言ってみれば、買い占めだよな。別荘地開発なんていうチャチなものじゃなくて、何か大きな狙いを秘めたものであることは確かだ」

「じゃあ、開発の利権？」

「ということになるね」

峻は頷いた。真実子は納得できないように、

「でも、あんなところにいったい何を造るのよ？」

「おいおい、そんなことを言ったら、佐賀県の人が怒るぞ」

と、峻は苦笑して、

「確かにそれはわからないよ、何があるのかは。だけども、おそらくは政治がからんだ話じゃないかな。単なるリゾート開発ならば、あれほど政治に密着している西岡グループが血眼《ちまなこ》になるはずがないんだ」

「西岡グループって、そんなに政治に密着しているの？」

「ああ、もともと西岡一族は戦前からの大財閥。まあ、大財閥と言っても大正の中期に興った新興財閥だけれども、政治とはかなり密着した関係を持っていて、先々代は確か、戦中に農商務大臣を務めているはずだ。もともと土地開発で伸びてきた会社だからね、土地についてはプロ中のプロと言ってもいい。そういう会社が、あそこに何を造るつもりなのか。あるいは、政府が何を造ろうとしているかを知らないわけがない。あっ、そうか！」

峻は、突然立ち上がった。

「どうしたの？」

「僕も馬鹿だな。あそこは、どこの代議士の地盤だったっけ」

峻は国会議員総覧を出して、それを確かめた。衆議院議員に選出されているのは、高原市を地盤とする与党民進党の北方与市《きたかたよいち》で、当選十回のベテランであり、通産大臣、農水大臣、大蔵大臣を歴任している。党のほうでは、幹事長も務めたほどの大物である。

「北方か」

峻は呟いた。

ほとんど坊主刈りで、頭は白髪《しらが》まじりで、真っ黒に日焼けした大入道のような男である。外見からは、有能な政治家というよりは、むしろ利権屋の感じがする男だが、峻はこの代議士のことはよく知らなかった。

（とにかく、こいつのことを調べてみよう。何か手掛かりが摑めるかもしれない）

峻は、そう決意した。

峻はさっそく友人の徳永に電話した。

徳永は九州の有力ブロック紙の記者をしている。現在は首相官邸の記者クラブにいるはずだ。

九州出身の政治家のことには詳しいに違いない。

徳永はおりよく席にいた。

——やあ、珍しいな。

――突然ですまん。いま、いいか?

峻は勢い込んで言った。

――ああ、かまわないよ。

――北方与市のことだけど。

――北方がどうかしたか。

のんびりとした声で徳永が応じた。

――彼は今何をやっている?

――何って? 今は国会会期中だから院内にいるだろうさ。

峻は苦笑して、

――そうじゃなくて、今、政治家として最も力を入れていることは何だ?

――政治家としてねえ。まあ、あいつは建設族だから、公共投資の増額だろうな。あとは首都移転懇話会の座長とか。

――首都移転?

峻は思わず声をうわずらせた。

――どうかしたのか?

徳永が言った。

――首都移転というのは、要するに首都を東京以外の別の場所に移すということだよな。

――そのとおりだ。

――候補地としては、どんなところが挙がっている？

――えっと、待ってくれよ。

徳永はちょっと間を置いて、

――確か、富士山麓や浜松とか、それから東北地方の仙台とか、そんなところだったな。

――佐賀県は出ていないのか？

――佐賀？

徳永は笑って、

――おいおい、あんな田舎《いなか》に移転して、どうするんだい？　首都っていうのは、だいたい東京から二百キロ圏というのが常識なんだぞ。

――仙台だったら、三百五十キロぐらいはあるだろう。

――まあ、そうだな。だが、それでも新幹線で二時間の距離にあるから。

――だったら、名古屋も同じじゃないか。

峻が言うと、徳永はまた苦笑して、

――まあ、そう突っ込むなよ。とにかく、首都の移転候補地として出ているのは、せいぜい三カ所か四カ所で、基本的に東京から二百キロ圏内というのが常識になっている。

――北方与市はどうなんだ？　地元の佐賀県に首都を引っ張ってこいなんて言わないのか？

――おい、いくら政治家でも、そんなことを言ったら、見識を疑われるじゃないか。まさに、我田引水だと言われるぜ。

峻はしばらく考えた。北方は、本当に佐賀県を首都にすることを考えていないのだろうか。

——徳永、そのことをもうちょっと詳しく知りたいんだが、誰か話してくれそうな人はいないか？

——ああ、だったら帝都工大の高瀬教授はどうだろう。その懇話会のメンバーだし、気さくな人で、われわれも取材源としては重宝している人なんだが。

——じゃあ、ちょっと紹介してくれないか。ぜひ、その首都移転構想の概要を知りたいんだ。

——この間、中間報告が出たばかりだ。それは公表されているぞ。それを見たらどうなんだ。

——いや、もうちょっと詳しくね。裏の事情も知りたいんで。

——へえ、いったいどうしてそんなことに興味を抱くんだ？

——いずれ話すよ。とにかく、今はその高瀬先生を紹介してもらえないだろうか？

——いいだろう。電話しておくよ。

徳永は言った。

12

峻は翌日、都心から急行電車で三十分ほどのところにある新興住宅地の真ん中にいた。そこに新たに移転した、帝都工大の都市工学部の建物がある。峻は高瀬教授の研究室を訪ねた。峻はフリーライターで、首都移転問題のことについて本を書く予定という触れ込みで、取材を申し込んでいた。高瀬は快く承諾してくれた。

約束の午後三時、峻は研究室に入った。研究室は、あらゆる壁が書棚で満たされており、テーブルがあちこちにあって、まだ完成途上のビルや都市の模型がところ狭しと置いてあった。高瀬教授は五十を少しすぎたばかりで、まだ助教授ぐらいにしか見えないが、都市工学の研究では日本で有数の研究者であるという評判だった。それでも、学者らしさはあまりなく、どちらかというと会社の営業部員のような腰の軽さがある。

「はじめまして、永源寺と申します」

と、峻は名乗って、とりあえず首都移転懇話会の中間報告について、基礎的なことを聞いた。高瀬教授は丁寧に答えてくれた。ひととおり聞き終わり、峻は出されたお茶を一口飲んで間を置くと、本題に入った。

「ところで先生、佐賀県というのはどうなんでしょうか。首都の移転先としては、まったく考えられない場所ですか」

それを聞くと、教授は驚いたように峻を見た。

「それは、あなたのお考えですか」

「と、おっしゃいますと？」

「いえ、言ったとおりの意味です。あなたご自身がそのことをお考えになったんですか、佐賀県こそ首都の移転先であるべきだと」

「いえ、そうではありませんが、何となくそういうことを言っていたような人もいたと思いまして」

「そうですか。実は、佐賀県あたりに首都を移転しろというのは、私の年来の持論なんです」

教授は思いがけないことを言った。峻は不思議そうに、

「どういうことでしょうか。首都というのは、やはり東京から二百キロ圏内に造るのが常識なんじゃありませんか」

「永源寺さん、常識というものは変わるものですよ」

教授は笑みを含んで、

「いいですか。あなたは、東京から二百キロ圏内に首都を移転するのが常識とおっしゃった。では、その常識というのは何を根拠に作られたものなんでしょうか」

そう言われてみると、峻は答えるべき理由を持っていなかった。今まで何度となく、その前提で語られてきたので、それを疑うようなことは一度もなかったのである。

「あなたのおっしゃる常識というのは、例えば、日本列島の中央に首都はあるべきだという、そういう考え方がまず基本となっています。もう一つ、東京は、仮に国会とか裁判所とか主要官庁とか、そういったものを他に移した場合でも、依然として日本の中枢を成す重要な都市、特に経済の中心地となりうるわけですから、そことの連絡を密にすべきであるという考え方がある。したがって、首都は今の東京から仮に移すとしても、二百キロ圏内であるべき

だという議論が起こってきたのです。

しかし、私は二十一世紀を見据えたら、この議論はまったく意味を成さないと思います」

「どうしてですか、先生?」

「それは簡単です。まず一つは、日本の中心にあるべきだという考え方は、すでに鎖国時代のものです。日本が外国とまったく交渉しないような時代においては、首都というのは日本列島の中心にあるべきだったかもしれません。しかし、今や日本は世界の中の日本であるべき国なんです。となれば、何も日本の真ん中である必要はない。

日本の真ん中でなければいけないという考え方のもう一つの重大な根拠は、昔は交通が不便だったということがあります。例えば、国会を開会するので代議士を召集する。その際、今でも確か、法律でそうなっているはずですが、開会すると決めてから召集するまでの間は二日か三日程度の余裕を置いている。これはなぜかと言うと、日本のいちばん端である北海道や沖縄まで電報が届き、その電報を受け取った代議士が交通機関を利用して東京まで行くのにかかるという時間を計算して設定にいれてあるわけです。しかし、こんな規定は今やナンセンスでしょう。むしろ北海道や沖縄からのほうが、航空機を利用すれば早い時間で来られる場合がある」

「そうですね」

峻は相槌を打った。

「だから、そもそも日本の中央にある必要はないんです。そこで、世界という枠組みで言いますと、これからの日本は、アジアとの結びつきを大きくしなくてはいけない。となると、アジアに日本でいちばん近いのはどこか、いちばん便利なのはどこかと言えば、やはり九州ですよ。それも北九州だ」

「そうすると、福岡でもいいわけですね」

高瀬は首を振って、

「そうなんですが、福岡は残念ながらと言いますか、もう発展しすぎていて、地価も上がってしまっている。日本で首都を移転する場合の最大のネックは、地価なんです。土地の値段が高すぎる。仮に特別法を作って、首都移転先の地価は凍結するということにしたとしても、今まである地価を下げるわけにはいかない。となると、土地の値段が安くて買収しやすく、しかも余分な建物がなくて、一から計画を作りやすい所というと、有明海に面した佐賀平野あたりが最高なんですよ」

「なるほど」

「それに、佐賀平野にはもう一つ大きな利点があるんです」

「それは、いったい何でしょう？」

「おわかりになりませんか。あそこは空港がないんです」

「ええ、それは知っています。空港がないことが、首都移転の大きなメリットなんですか」

「そうなんです。あそこは、空港として適地がないからないわけではないんです。あそこは永源寺さん、日本でもいちばん大規模な空港を造るのに適した地なんですよ」

「えっ、どうしてですか？」

峻は驚いて言った。

「それほど適地なら、なぜ今まで空港がなかったのか。それは単に明治維新以降、あのあたりの開発が後回しにされたという事情によるものだけです。適地という点では、あれほどの適地はないです。まず、広い平野がある。しかも、有明海は遠浅の海だ。埋め立て費用も安く、例えば関西新空港などと比べたら、はるかに安いコストで大きな空港が造れます。そして、さらに幸いなことには、あのあたりには高い山がないんです。広い平野でアジアに近く、しかも高い建物もないし、高い山もない。こんな立地条件に恵まれたところはありません」

峻は、高瀬教授の所論に無理がないのに驚いていた。佐賀県に首都を移転するなどという、いかにも奇矯《ききょう》なことのように聞こえるが、そう言われてみればそうだ。

「ハブ空港という言葉をご存じですか」

「ええ、知ってます。ハブは、確か車の轂《こしき》のことでしたね」

「そう、そのとおり」

教授は頷いた。轂とは、車輪の真ん中にあって、スポークが集中する部分の丸い軸受けに当たる部分のことである。それと同じように、上から見て、航空路がその一点に集中するような基幹空港のことを、ハブ空港という。

「日本には、ハブ空港と言えるものが一つもないということはご存じでしょうか」

「ええ、話には聞いたことがあります。でも、関西新空港はそれになりませんか」

「関西新空港ね」

教授は笑って、

「ハブ空港には、おそらく三つの条件があると思うんですね。まず、滑走路が縦横二種類以上ある。二本ということではなくて、二種類ね。つまり、最低十文字にあるということ。そうすれば、風の向きが変わった場合にでも、横風を受けることなく着陸できる。これが一つ。もう一つは、二十四時間開いていること。その国が夜でも、向こうの国は夜とは限らない。いろんな国から、航空機は時差をつけて飛んでくるのだから、当然、着く空港はその国の時間で夜は開けないなどということは言っておられない。だから、当然、二十四時間空港でなくてはいけない。

そして、当たり前のことだが、何十機も、場合によっては百機以上着陸できるような大きな空港でなければいけない。

あなたが今おっしゃった関空《かんくう》、つまり関西新空港はね、二十四時間という条件だけは満たしているんですが、滑走路も一方向・一種類しかないし、さらに問題なのは規模が小さいということです。だいたい五百ヘクタール前後ですね、広さが」

教授は言った。

「五百ヘクタールというと、ちょっと見当がつきませんけれども、他の空港と比べたら？」

「今、韓国が仁川《インチョン》に計画している国際ハブ空港は、五千ヘクタールです」

「十倍ですか？」

峻は驚いた。

「そうです。これはまったく冗談ではない話ですが、あれができてしまえば、世界中の航空会社の航空機が、まずアジアを目指す時に、韓国へ行くということも考えられる。つまり簡単に言えば、韓国は特急停車駅になり、日本はただの各駅停車の停車駅に成り下がるということです。例えばイギリスの人間、あるいはアメリカの人間がアジアに来ようという時、まず韓国を目指して仁川空港に着陸し、そして、そこからローカル線で日本へ来るということも充分に考えられるんです」

教授は厳粛な調子で言った。

「日本は土地が高くなりすぎ、また政治のリーダーシップもないから、そういう事態を手をこまねいて見ているわけです。せっかく関西新空港のようなものを造っても、着陸料が高すぎて外国のエアラインがろくに入ってこない。あれも官僚主導のせいです。官僚というのは、商売がわからないからね。場合によっては、赤字であっても値段を下げなきゃいけないこともある。ところが、彼らは目先の辻褄《つじつま》合わせだけに狂奔するから、ああいうことになるわけだ」

「なかなか厳しいご意見ですね」

峻が言うと、教授は首を振って、

「いや、厳しいなんて言ってられる状態じゃないんだよ。本当に、できてからでは遅いんだからね。十年、二十年たったら、日本は世界のローカル駅ということにもなりかねないのに、今の政治家は何を考えているのか」

そこで峻は、今までどうしても聞きたくて仕方がなかった疑問をぶつけた。

「先生、先生のご持論はよくわかりましたし、まさにそのとおりだと思うのですが、では、なぜこの首都移転懇話会の中間報告に、先生のご意見である佐賀県移転論が盛り込まれていないのですか」

それを聞くと、教授はばつの悪そうな顔をして、下を向いた。

「そうだねえ、そこには複雑な事情があってねえ」

「お聞かせ願えませんか」

「うーん、困ったな」

教授はソファに腰を下ろして、応接セットの煙草入れから煙草を取り出し、卓上ライターで火をつけた。

「実に不思議ですよね」

と、峻は言った。

「あの懇話会の座長は北方さんでしょう。北方さんは、佐賀県が地元じゃないですか。佐賀県移転論が大きく打ち出されれば、地元にとって、こんな喜ばしいことはないじゃないですか。それなのに、どうしてその意見が抹殺された形になっているのでしょうか」

「抹殺とは、ちょっとオーバーだな」

教授は笑って、

「しかし、不審に思うのももっともだ。オフレコということでいいかな」

「オフレコですか」

峻はちょっと不満そうな顔をした。

「ま、永久にオフレコじゃない。しばらくの間ということだ。それならどうだね?」

「わかりました。僕もすぐに本にするわけじゃありませんから、伺いましょう。どういう事情なんです?」

峻は身を乗り出した。

「その北方さんが、とりあえず出さないでくれと言ったのさ」

「えっ?」

峻は驚いた。その問題でいちばん利益を受けるはずの北方代議士が、どうしてそんなことを言うのだろう。

峻の不審を、表情から読み取った教授は続けた。

「僕も、それは不思議に思ったよ。で、理由を聞いてみたら、自分が座長を務めている懇話会で、そういった地元利益誘導型のような結論が出ることは好ましくない。とりあえずは伏せてくれないかということなんだ」

「だけど、それは先生ももちろんそうでしょうけれども、北方さんも佐賀県に対して一方的な依怙贔屓《えこひいき》をしたわけじゃないでしょう。冷静に客観的に考えてみたら、そこがいちばんいいということだったんでしょう。だったら、問題ないはずじゃないですか」

「そのとおり。私もそう言ったんだが、とにかく中間報告では伏せてくれの一点張りなんだ。私も、この大学移転問題とかね、北方先生には一方ならぬお世話になっているんでね、断りきれなかったんだよ。それに、最終報告にはぜひ盛り込むべきだと言ってくれたしね」

「最終報告にですか。それはいつ頃なんですか」

「来年の夏を予定している」

「ということは、そこに佐賀県首都移転論が突然出てくるという形になるわけですか」

「そういうことになりますな」

教授は答えた。

峻は礼を言って、その場を引き上げた。

大学の校門を出て、最寄りの駅に歩く間、峻は考え続けた。

(いったい、どうして北方はこの問題を伏せようとしたんだ。何か魂胆があるのか)

その謎は、どうも殺人事件の謎と関連しているような気がしてならない。

13

「それで、あなたはどう思ったの?」

真実子は言った。峻は自分でいれたコーヒーを、まず一口、二口飲んでから、

「まあ、常識的に考えつくのは、北方はやっぱり佐賀県首都移転論に賛成だということだよな」

「賛成？　反対じゃなくて？」

「そうさ、賛成さ」

「じゃ、なぜ伏せるの？」

「簡単だよ。中間報告の段階でそれが発表されれば、何かと邪魔が入るだろう」

「邪魔って、どういうこと？」

「土地さ。例えば、土地を買い占めようとする人間が現れてくるだろう。確かに、バブルの時代は終わったけれども、そんなことが話題になれば、一儲《ひともう》け企む連中があちこちに現れるだろうさ。しかし、もしこのことが知られていなかったら……」

「知られていなかったら？」

「そう、自分一人で、しかも安い値段で土地を買い漁《あさ》ることができるだろうな。東北新幹線ができた時も、そういう話があったように聞いているし」

「わかった、じゃあウエスト・リゾート」

「そう、それさ」

峻はコーヒーカップを置いて言った。

「ウエスト・リゾートが北方と組んでいるっていうことね」

真実子は叫ぶように言った。

「そうさ。もう少し正確に言えば、ウエスト・リゾートを動かしている西岡グループと北方は組んでいるということだな」

「じゃあ、わかってきたじゃない」

真実子は興味津々《しんしん》といった目で、膝を擦り寄せてきた。

「何がわかったの？」

「とぼけないで。あなたにもわかっているはずよ。もし、あそこに首都を移転しようとして、そのことをおおっぴらにする前に彼らが土地を買い漁っているとしたら、あの丹前山古墳というのは大変な打撃になるわけよね」

「どういう打撃？」

「いやね、本当にとぼけないでよ。あそこが、もし本当に卑弥呼の墓で、あのあたり一帯が大史跡公園にでもなったりしたら、どうなるの？　彼らの儲けは一挙に崩れるじゃない。何十億、何百億という得《う》べかりし利益が消えてしまうのよ」

「得べかりし利益か。君も、なかなかおもしろい言葉を知っているじゃないか」

峻は笑って、

「確かにそうだけれども、それにしては、ひとつ辻褄の合わないことがあるだろう」

「何？」

真実子は首を傾げた。

「森原考古学研究所さ」

「森原研究所が、どうかしたの？」

「あれは財団法人だが、西岡が理事長なんだぜ」

「あっ」

と真実子は叫んだ。

「もし、西岡グループが首都移転を当て込んで、あのへんの土地を買い漁っているとしたら、なぜ森原考古学研究所の動きを抑えられなかったんだ」

「ちょっと、待って。抑えると言っても、無理じゃない？　だって、考古学上の発見なんだから」

「それは確かにそうだが、考古学上の発見と言っても、最初のうちは関係者だけが知っていることだ。もみ消そうと思えば、できないことじゃない。例えば、古墳をそのまま埋め戻してしまう。あるいは、これはもっとひどい手段だが、ブルドーザーで削り取ってしまう。そういうことだって、不可能じゃなかったはずなんだ。それなのに、なぜ彼らは丹前山古墳を世に出した？」

「そう言われてみれば、不思議だけど」

真実子は首を傾げていたが、

「でも、こうも考えられない？　理事長だからと言って、いつもその研究所を監督監視しているとは限らないわ。ましてや、西岡のような忙しい人間はほとんど名誉職みたいなものでしょう。だから、その森原考古学研究所がどんなことをしているかについて、押さえられなかったんじゃないのかしら。いちいち報告する義務はないんだし」

「確かに、それはありうるな。今回のことも、そもそもは新聞のスクープが発端だから、そのスクープがあったんで、彼らも嫌々《いやいや》発表したという形になっている。逆に言えば、そのスクープがなければ、発表しなかったということにもなるんだな」

「きっとそうよ」

「となると、やっぱりカギを握る人間は森原だな」

「考古学研究所の所長?」

「そう。どうもあいつが怪しい。何かカギを握っている。何とか奴と接触して、あの丹前山古墳について、もっと詳しく知る必要がある。どういう経緯で発見したのか。そして、西岡グループからの圧力はあったのか、なかったのか」

「どうする?」

「とりあえず、あそこの研究所でも張り込んで、出入りを厳しくチェックするしかないだろうな」

峻は、やれやれといった口調で言った。

14

峻は三日後、朝から都内世田谷にある森原考古学研究所の入口を見張れる位置に車を止め、張り込みを続けていた。所長の森原威一郎が、昨日からこちらに来ているという情報を摑んだのである。最初は、奈良まで行くことを考えていた峻だが、こうなってくると好都合だった。

東京事務所は中に宿泊施設もあるようだが、いくら森原でも一日中閉じこもったりはしないだろう。必ず外出するはずだ。その外出の機会を狙って接触を試みようというのが、峻の作戦だった。

しかし、案に相違して、森原はなかなか外へ出てこなかった。昼飯もとらずに見張っていた峻がしびれを切らした頃、ようやく研究所の鉄の門扉が開いて、中から黒塗りのセダンが滑り出してきた。運転者は森原だった。

峻は、昔の考古学雑誌からやっとの思いで手に入れた森原の写真を見て確認した。峻は愛車のボルボをスタートさせて、森原をつけた。森原の車は街のほうへは向かわずに、どんどん郊外へ出ていく。

（このままでは、中央高速に乗ることになるな）

峻は不審に思った。その予想は当たった。森原の車は高速に入ると、一段とスピードを上げて都内を出た。そして、山梨県に入り釈迦堂《しゃかどう》パーキングエリアに来ると、車を止め、いったん外へ出た。連れはない。森原ただ一人である。

（どこへ行くつもりだろう？）

峻も用心深く、森原の車とは離れたところに車を止め、車の中から森原の行動を見守った。

時計を見ると、まだ午後四時三十分である。

森原は駐車場の端にある小さなゲートをくぐって、なだらかなスロープの道を上った。芝生の中央に丸太で作った階段がある。それは、上り切ったところにある鉄筋コンクリートの建物の前につながっていた。

どうやらエリア内からそのまま行けるらしい。

森原はその建物に入って行った。

峻は車を降りて、その後を追った。

15

町田悟《まちださとる》は考古学ファンだった。特に大学で考古学を専攻したわけでもなく、勤めも車のディーラーというまったく関係のない職場だったが、大の考古学マニアで、特に古代史につながる発掘には深い興味を抱いていた。

その日も「卑弥呼の墓」と噂されている佐賀県高原市の丹前山古墳を見るために、わざわざ東京からやってきた。空路福岡に入り、福岡からはレンタカーを飛ばしてここまでやってきたのである。しかし、古墳のガードは固かった。せっかくビデオカメラとボーナスをつぎ込んで買ったばかりの、フィルムではなくディスクに直接映像を入れるデジタルカメラを持ってきたのに、ほとんど役に立たず、古墳の外形を撮ることがようやく許された程度のことであった。

（せっかくここまで来たのに――）

飛行機代とレンタカー代を合わせれば、それほど収入が多くない町田にとっては大きな負担だった。それなのに、何の収穫も得られなかったのである。

町田はレンタカーを走らせて、丹前山古墳全体の遠景が望める小高い丘の上に登り、腕組みをして考えていた。時刻は午後四時半を少し廻っている。このまま福岡に引き返せば、何とか今日中に東京まで帰れそうであった。場合によっては、この近くの民宿にでも泊まり、丹前山古墳をもう一度見ようと思っていたのだが、それは断念したほうがよさそうだった。

幸いにも平日である。他の商売と違って、町田の会社は平日が休みであった。だからこそ、帰りの飛行機の混み具合も気にしなくていいし、宿の予約もしていないのだが、せっかくしばらくぶりの二日続きの休みなのに、これでは明日は東京で過ごすことになりそうだった。

（福岡ラーメンでも食って帰るか）

町田は丘を下りてレンタカーのところに戻り、シリンダーにキーを差し込もうとした。

その時だった。

「助けてくれ！」

ただならぬ叫び声が聞こえた。町田が後ろを振り返ると、五十メートルほど離れた繁みの中から、片足を引きずった男が血相を変えてこちらへ走ってくるのが見えた。いや、正確に言えば、走っているのではない。走ろうとしているのだが、左足に怪我《けが》をしているらしく、うまく前へ進めないのだ。町田は慌てて駆け寄った。

「どうしたんです？」

「あっちで車にはねられてね」

男は言った。四十がらみの、どこか商店街の店屋のおやじといった風情《ふぜい》の男だった。町田は足を見た。ズボンの左膝《ひだりひざ》から下の部分が泥で汚れていたが、血は流れていなかった。それほど大した怪我ではないのだろうか。しかし、骨折しているかもしれない。

その時、突然タイヤの軋《きし》みの音とともに、男が出てきた繁みから車が飛び出してくるのが見えた。黒塗りのセダンで、どうやら車種はベンツらしい。

「あいつが俺をはねたんだ！」

男は叫んだ。

「あんた、それで撮ってくれ！」

町田は咄嗟《とっさ》に何の意味かわからず、一瞬戸惑ったが、そのうち「撮ってくれ」の意味が「ビデオで撮ってくれ」の意味だと気がついた。町田は丘の上から古墳を撮影した時に使ったビデオを、ストラップで首からぶら下げていたのである。

町田は慌てて、走り去る車にレンズを向けた。望遠がついている。近頃のビデオは、片手で充分ズームの操作もできる。

「ナンバープレート、しっかり撮っておいてくれよ!」

男は叫んだ。町田はもっともだと思い、そこにズームをかけた。幸い一本道だったので、車の後ろ姿はしっかりとビデオに収められた。

「よかった」

車は走り去ってしまったが、男は助けられたことで力が抜けたのか、その場にへなへなと崩れ落ち、気を失ってしまった。

「しっかりしてください」

町田は慌てて介抱し、車に駆け戻ると、持っていた携帯電話で地元の警察に連絡した。

「それで、あんたは当て逃げの車を見たんだね?」

パトカーで駆けつけた地元高原署の警察官は言った。

「そうです。このビデオでばっちり撮りましたよ」

と、町田は得意そうにビデオカメラを見せた。

「じゃあ、そのビデオをちょっと貸してもらおうか」

「いいですよ。後で返してくださいね」

町田はそれを差し出した。

被害者は、既に救急車で病院に運ばれていた。

「怪我の具合はどうなんですか?」

町田は気になったので聞いてみた。現場検証のために、町田は現場に残されたのである。

「ちょっと待って。聞いてみるから」

警官はパトカーに戻って、無線で本署に問い合わせた。折り返し連絡があった。

「大した怪我じゃないそうだ。膝の下を打撲しているが、皿も割れてないし、まあバンパーで引っかけられた程度だろう」

「そうなんですか」

「それにしても、馬鹿な奴だよ。すぐに車を降りて謝っとけば、こんなに大騒ぎにならずに済んだのに」

「そうですね」

町田は頷いた。町田自身も車を扱う商売だから、事故のことには素人よりは詳しい。この程度の怪我だったら、被害者を病院に運んで丁重に謝れば、保険も下りることだし、それほど問題にはならないはずなのである。しかし、轢《ひ》き逃げは重大な犯罪だ。被害者の命に別状がなかったからよかったものの、これでは手が後ろに回ってしまう。

「何か、よっぽど切迫した事情でもあったんですかね」

町田は車の走り去った方向を見ながら言った。

「さあな。とにかく動かぬ証拠もあることだし、すぐに捕まるだろう。まあ、とにかくご苦労さんでした」

警察官はそう言って、町田の労をねぎらった。

16

峻は、森原威一郎が建物に入った後、その後を追うべきかどうか迷った。建物には「釈迦堂遺跡展示館」の看板が掛かっていた。どうやら、このあたりで発掘された考古学の遺跡の展示館らしい。一般公開もしているようだ。しかし、森原に続けて入っていったのでは目立ちすぎる。あたりには入場者も他に見当たらないし、うっかり入っていけば、中で二人きりになってしまう恐れすらある。峻は今のところ、あまり森原の注意を引きたくなかった。顔を知られていないほうが、今後の調査に何かと有利である。

峻はスロープを下って車のところへ戻り、車を森原の車と遺跡展示館の入口が同時に見える場所へ移動させた。森原の車は黒塗りのベンツだから、わりと遠くからでも目立つ。どんな用事にせよ、森原は必ず車のところへ戻って、またこの車で移動するはずだ。ここで待っていれば、またキャッチできる。峻は長期戦の構えで車のシートを倒すと、ゆったりした姿勢でラジオをつけて見張りを続けた。

そのまま何時間たっただろう。気がつくと、夜も更けていた。峻はいつの間にか眠ってしまったらしい。慌てて起きると、時計はもう八時を指していた。駐車場を見たが、森原の車はまだ止まっている。ほっとすると同時に、気になった。あの遺跡展示館は宿泊施設ではない。四時半に中に入った森原は、もう三時間以上も中にいることになる。いったい何をしているのだろう。

展示館には灯はついていた。ただし、二階の事務棟のほうである。おそらく、一般公開はもうしていないはずだ。先ほど、公開時間は午後六時までとあった看板を、峻は見ている。

(どういうつもりなんだ)

峻は首をひねった。そのまま一時間近く待たされた。九時過ぎになって、ようやく一人の男が森原の車に近づいた。峻ははっとした。森原ではない。森原よりはずっと若い、まだ三十前後の男である。メタルフレームのサングラスをかけたその男は、ロックを外すと中に入り、車をスタートさせた。峻は慌てた。森原はどこへ行ったのだろう。まだ、あの遺跡展示館の中だろうか。車をつけるべきか、それとも森原を待つべきだろうか。一瞬躊躇の後、峻は車をスタートさせた。

ひょっとしたら、森原にまかれたのかもしれないと思った。今、男がどこから出てきたのか、峻の目には映らなかった。もし玄関から出てきたなら、それは必ず気がついたはずだ。おそらく、あの展示館には裏口があるのだろう。そして、森原はその裏口から別の車を使って移動したのだ。そうとしか考えられなかった。おそらく、森原から鍵を預かったサングラスの男は、車を戻す役目を与えられたのに違いない。だとしたら、行き先は決まっている。世田谷の森原考古学研究所である。まかれた以上、つけるのも馬鹿馬鹿しい気がしたが、峻は念のために後を追った。

ほんのわずかの間に、車はずいぶん先を行ったらしい。だが、峻は慌てなかった。東京方面に向かうためには、一度逆の甲府方向へ進みインターチェンジを出て方向転換しなければならない。だから次のインターで一度降りるはずだ。ナンバーも控えてある。そういえば、ちょっとおかしなことがあった。当然、品川ナンバーだと思っていたら、森原の車のナンバーはあの丹前山古墳のある高原市を中心とした高原ナンバーであった。「高原55－す3362」というのが、その番号である。

メモをとった時には気づかなかったが、峻は改めて不思議に思った。森原考古学研究所は、別に高原市にあるわけではない。確かに高原市では長期発掘が行われているが、わざわざ高原にナンバーを移す必要があるのだろうか。峻はベンツに追いつくためにアクセルを踏み込みながら、そのことを考え続けていた。

17

「こいつが轢《ひ》き逃げの車か」

佐賀県警高原署交通課の丸目《まるめ》警部補は言った。テレビ画面で再生されたビデオ映像には、走り去っていくベンツの後ろ側が鮮明に映っている。

「止めてくれ」

機械に弱い丸目は、部下の婦警に命じてビデオ映像をいったん凍結させた。いわゆるフリーズというやつである。車のナンバーはそうして見ると、誰の目でも明確に読み取れた。丸目は改めて声を出して、その番号をメモした。

「高原55―す3・3・6・2」

「すぐに持主を調べてくれ」

丸目は部下に命じた。しばらくして返事がきた。

「森原威一郎という男です。森原考古学研究所の所長で」

部下の吉山《よしやま》巡査が報告した。吉山はまだ独身で、にきび面が残る若い警官である。

「何だ？　森原考古学研究所？」

丸目は、どこかで聞いたような名前だと思った。

「あれですよ、例の古墳を発掘している――」

吉山が言うと、丸目もようやく思い出した。この狭い高原市のことである。丹前山古墳のことは知らない者はいない。

「あそこの研究所の所長か。で、運転者もその男なのか？」

「いえ、それはまだわかりませんが」

「被害者《ガイシャ》は何と言っている？　運転している奴を見たのか？」

「ええ、顔は見たと言っていました。写真を見ればわかるとも言っていましたが」

「じゃあ、早く、その森原という男の写真を取り寄せて、被害者に見せるんだ。そうすれば、もうこれは一件落着だな」

丸目はほっとしたように言った。

「ええ。わりと簡単な事件ですよね」

吉山は言った。

高を括《くく》ったような言い方だった。丸目は年長者として、その言葉にちょっと反発を覚えたが、説教するほどのこともないと思い、聞き流した。確かに目撃者もいて、確かな証拠もあり、公判に持ち込んでも充分に維持できる。あとは、その車を運転していた男を特定するだけのことだ。

「森原という男の現住所は、東京か？」

「ええ、東京の世田谷のようです。とりあえず、写真を取り寄せます」

写真を取り寄せるのは簡単であった。免許を更新する時に撮った写真が、警察庁に登録されているからである。今では電話一本で、それを電送してもらうことができる。

電送された免許証の写真を、丸目は病院に持っていって被害者に見せた。被害者は冬沢《ふゆさわ》という男で、高原市の中央商店街でほそぼそと薬局をやっている男である。

「この男です」

冬沢は断言した。

「間違いありませんか」

丸目は念のために確認した。写真を見るやいなや冬沢がそう言ったので、間違いはないとは思ったが、念のために確認したのである。

「間違いありません。私はこの男の顔をはっきり見ました」

「あなたをはねとばす時にですか？」

「そうです。私が横道から出てきたところに、あいつはものすごいスピードで突っ込んできたのです。私は体が一瞬硬直してしまって、動けなかったんですが、その時、相手の顔をしっかり見ました」

「なるほど。この男ですね」

「はい、そうです」

丸目は吉山に頷いてみせた。吉山は写真を持って、部屋を飛び出して行った。轢き逃げ犯として指名手配をするためである。

「それにしても、大変な災難でしたな」

丸目は冬沢の枕元の椅子に座ると、あたりを見回した。普通なら、こういう時は家族が付き添っているものだが、あたりには冬沢の他には誰もいない。

「ご家族はいらっしゃらないのですか」

「刑事さん、私はそんな面倒なものは持っていませんよ。昔、女房がいましたが、十年ほど前に死にましたし、今はまったくの一人です。子どももいませんし」

「そうですか、それは失礼しました」

丸目は、何となく去りがたい気持ちであった。病人は疲れているし、早く休ませるのが常道なのだが、何か心に引っかかるものがあった。何かはわからない。しかし、警察官として長年勤務してきた丸目には、何か職業的な勘のようなものが備わっているのかもしれなかった。

「冬沢さん、ひとつお伺いしていいですか」

「ええ、何ですか」

冬沢は疲れ切った声で言った。ややもすると、疲労のためか目を閉じようとする。

「いったい、あんなところで何をなさっていたんですか?」

「何をって」

冬沢は目を開けて、丸目を睨みつけるようにして、

「ただ、散歩していただけですよ」

「へえ、散歩ですか。あそこまでは、どういう交通手段で行かれたんですか?」

「いや、バスですよ。近くの丹前神社前で下りて、ふらふらとね」

「そうですか。しかし、あのあたりはあまりバスが通っていないし、古墳でも見ようとされたのかな」

「ええ、そう言われてみれば、そうですね。古墳を見ようとしていたのかもしれないな」

冬沢は、まるで人ごとのように言った。

「考古学には興味がおありなんですか」

「いえ、そういったことはあまり詳しくはないので」

「しかし――」

「刑事さん、私は疲れているんです。車にはねとばされたんですよ。少し寝かしといてくれませんか」

「わかりました」

丸目は不承不承立ち上がった。しかし、やはり何か引っかかるものを心の奥底に感じていた。

18

峻は、その日配達されてきた朝刊を見て、顔色を変えた。あの「卑弥呼の墓」発掘の森原考古学研究所所長轢《ひ》き逃げ事件を起こす、という見出しが目に入ったからである。慌てて記事を読むと、森原威一郎が轢き逃げをしたのは、昨日の午後四時半ということになっている。

（そんな馬鹿な）

峻は思わず心の中で叫んだ。そんなはずはない。森原威一郎は、その時刻、確かに山梨県の中央高速上にいたのだから。

何かの間違いだと、峻は思い直した。

森原は山梨県にいたのだ。それが同じ時刻に佐賀県で轢き逃げなど出来るはずがない。

コーヒーをいれてゆっくりと喉に流し込み、気分を落ち着かせてから、峻はもう一度新聞記事を読んだ。

地元の警察が、森原を犯人として断定したのは、被害者が目撃したからだという。

(だが、どういう状況で顔を見たのか?)

コーヒーカップを片手に持ちながら、峻は考え続けた。

轢き逃げされた経験はないが、そんな時に相手の顔が見えるものだろうか。

(ここにいて考えていてもだめだな)

峻はもっとデータを調べてみようと決意した。

それには富沢警部の協力を得るのが一番だ。

支度を整えて、外へ出ようとした時、真実子が現れた。

「どうしたんだ、急に?」

「新聞を見たから。あなたも、見たでしょ」

真実子は今日は和服ではなく、ジーンズにポロシャツで長い髪はカチューシャで留めていた。

「——そんな格好もするんだ」

峻は意外そうに言った。

普通、真実子は和服か、それともきちんとしたスーツ姿なのである。

「香道を教えてるからって、いつも和服とは限らないでしょう」

「それはそうだけど」

「どこかへ出かけるところだったの?」

「そう、この記事を見て、もっと調べてみたくなったんだ」

「誰かと時間で待ち合わせているわけじゃないのね」

真実子は言った。

「うん、そうだけど」

「じゃ、ちょっとコーヒー飲ませて。喉が渇いたわ」

そう言うと、真実子は返事もきかずに、部屋に上がり込んだ。

「やれやれ」

峻は小声でつぶやくと靴を脱いだ。

「――中央高速のパーキングエリアで、森原を見たの?」

「そう」

「ホント? それ、本当の森原なの?」

真実子は疑いの目を向けた。

「本物だよ。もっとも、ぼくはあの男とは面識がなかったから、写真で見ただけだけど、確かに目の前をその『写真そっくり』の男が歩いていたよ」

峻はやや憤然として言った。

「じゃ、この轢き逃げはどういうこと?」

「それを調べようと思ったのさ。可能性はいくつか考えられる」

「たとえば？」

「そう、たとえば、目撃者が見たといっても、ほんの一瞬のことだろう。似た人物が運転していて、見間違えたとか――」

真実子はそれを聞いて、しばらく考えていたが、

「それは変よ。警察は、なぜ轢き逃げ犯を森原と断定したの？　それは、目撃者が見たからじゃないでしょう？」

「うん、どういうこと？」

峻は首を傾げた。

「森原というのは一般的には有名人じゃないじゃない。それは、森原研究所の所長といえば、いまや誰でも知ってるかもしれないけれど、タレントじゃないんだから顔は知られていないわ。目撃者が犯人の顔を見たのは事実でしょうけど、知り合いでもない限りは、それが森原という男だとは、わからないはずよ。普通、こういう場合は、モンタージュでも作って地道に捜査するはずよ」

「そうか、それなのに、こんなに早くわかったということは――」

「知り合いじゃないというのなら、別の証拠があったのよ」

「そうか、うっかりしたな」

峻は、書斎から、先程読んだ新聞を取って来て、もう一度読み返した。

犯人の断定の経過については、おそらく省略があるのだろう。読み直してみて初めて、峻はナンバープレートが断定の決め手となったらしいことに気が付いた。

「うーん」

峻は思わずうなった。

こんなことは、ますます有り得ない。

「どうしたの？」

「うん、実は――」

と、峻は森原の車のナンバープレートを記録したことを言った。

真実子も首をひねって、

「同時刻に、同じ車が、別の場所にいられるわけがないわよね」

「そうさ」

「じゃ、こう考えたらどう？　森原所有の車は二台ある――」

「それなら可能性はあるな」

峻は言った。

新聞記者はナンバーまでは書いていない。

佐賀県で轢き逃げをした「森原所有」の車と、同じ時刻に山梨県内の中央高速のパーキングエリアにいた「森原所有」の車が、同じものであるとは限らないのだ。

（むしろ、法人名義にしているなら、二、三台あってもおかしくない）

「とりあえず、そのナンバープレートを調べることだな」

「そうね」

もしも、警察がナンバープレートから先に森原のことを割り出し、あたりをつけて目撃者に尋問したのなら、それが誘導尋問となって、森原が犯人にされてしまったのかもしれない。

(ひょっとしたら、森原の冤罪《えんざい》を証明する立場になったのかもしれないな)

峻は意外な事の成り行きに、苦笑する他はなかった。

19

暗い森の中にある、大きな屋敷だった。東京都内の、しかも高級住宅地にこれほど広い敷地を持った邸宅は、今や数えるほどしかない。何よりもその屋敷は、明治維新以来、大震災や戦災、そして戦後の混乱といったあらゆる混乱を乗り越えて、未《いま》だに創建当初の面影を保っているところが驚異であった。ある人はこの建物を見て、洋館という言葉がまだ生きていることを再認識するだろう。また、建築史に詳しい者ならば、これが今や重要文化財の指定を受けてもいいほどの、明治初期の建築の粋を集めたものであることに気がつくはずである。

だが、その館《やかた》のことはほとんど人に知られていなかった。まるで自然林と見まがうばかりの鬱蒼《うっそう》とした木々がベールとなって、その建物を覆い隠しているのである。

その建物の奥まった一室に、館の主がいた。まだ若く見える。外見は、どう見ても二十代にしか見えない。だが、本当の歳を知っている者は誰もいない。その女性は、肩まで伸びた艶やかな髪に手をやり、先ほどから古い洋書に読みふけっていた。そこへ現れたのは、年老いた執事だった。

「お嬢さま、例の件であの方よりお電話でございます」

それを聞くと、女性は本から視線を外し、不快そうな顔で執事を見た。

「内藤、あれはうまくいっているの？」

「いえ、残念ながら、いろいろと邪魔が入りまして。そのことについてのご報告かと存じます」

「そんな報告、聞く耳持たないわ。それよりも、早くあの計画を潰《つぶ》しなさい。それだけが私の返事。他に言うことはないわ」

「わかりました。さよう申し伝えます」

執事は一礼して部屋を出ていった。女主人は何もなかったように、再び洋書に視線を落とした。

20

峻と真実子は警視庁に富沢警部を訪ね、佐賀県の轢き逃げ事件のことについて興味を持っていることを話した。富沢は早速、佐賀県警高原署に連絡をとり、詳しい事情を尋ねてくれた。富沢はメモを片手に戻ってくると、

「例の車のナンバーだけれども、君はメモしているんだってね？」

「はい、そうです」

富沢は少しおどけた調子で、

「まさか、そのナンバーは『高原55−す3362』で、黒のベンツだって言うんじゃないだろうな？」

富沢はもちろん冗談のつもりで言ったのだが、峻は顔色を変えた。峻が手帳にメモした番号も、まさにそのとおりだったからだ。

「何かの見間違えじゃないのか？」

富沢は言った。

「いえ、違います。じっと目を凝らして、ちゃんと書いたんですから」

「例えば一番違いだったということはないだろうか？　同じ会社が、いや、研究所が持っている車だったら、一番違いであっても不思議はない」

「いえ、そんなことはありません。確かに最後の一桁《けた》も2でした」

「うーん、君の言うことだから信用はしたいんだがな」

富沢は、少ない髪の毛が残っている頭を掻《か》きむしりながら、

「向こうの証言も、それ以上に確かなものなんだよ」

「それは目撃者がいたということですか？　それとも被害者が、車が逃げる時のナンバーを確認したということですか」

峻は、身を乗り出して言った。

「いや、被害者ははっきり覚えてないんだが、目撃者がね、その車の走り去る姿をビデオに撮っているんだよ」

「ビデオ？」

峻と真実子は顔を見合わせた。

「ナンバープレートも、しっかりそのビデオに映っているっていうことですか」

「そうなんだよ。だからこそ、佐賀県警も自信を持って森原を犯人と断定したわけでね。それに被害者も、確かに運転していたのは森原だったと言っているんだよな。写真で確認したそうだ」

「やっぱり、あなたの見間違いじゃないかしら？」

真実子が言った。

「おいおい、君まで僕を疑うのか？」

「それは信じたいけれども、でもビデオに映っているんじゃしょうがないでしょう。例えば、こういうことが考えられない？　あなたが見た車は、森原研究所にあるもう一台の車で、乗っていたのは別の男だった」

「でも、写真そっくりだったけど」

「例えば親戚だと考えたらどう？　その兄弟だとか従兄弟《いとこ》だとか、よく顔が似た人いるじゃない？」

「いや、森原には確か兄弟はいないはずだ。従兄弟ならいるかもしれないが」

峻はうつむいてしばらく考えていたが、

「それに、その逆の可能性だってあるだろう？」

「逆の可能性とはどういうことだね？」

富沢が言った。

「それはつまり、今の真実子の言ったのと話が逆だということですよ。高原市で事故を起こしたのが森原に似た男であって、こちらにいたのは森原だということです」

富沢は苦笑して、冷え切った番茶を一口すすると、

「しかし、それにしてもナンバープレートの謎が解けんじゃないか。同じ車が、しかも同じ人間を乗せて、同じ時刻に別の場所にいるはずがない。やっぱり、君は何かどこかで錯覚しているんじゃないのか？　何かおかしいんだ」

「何かおかしいというのは賛成です」

峻はすかさず言った。

「しかし、それが僕の見損じだとは思えませんね」

峻は舌打ちして、

「そんなに言われるんだったら、写真でも撮っておくんだったな。僕は、カメラをダッシュボードにいつも入れていたんですがね」

「今は入れてないのかい?」

「ええ、それがエアバッグのスペースで入れる場所がなくなっちゃったもんで、ちっちゃな物入れはサイドにあるんですが、大きなカメラは入らなくて――」

峻は、そんなことはどうでもいいと思った。とりあえず問題なのは、この不可解な現象の謎を解くことである。

「まあ、いちばん簡単な方法は、森原に聞くっていうことだろうな」

富沢はのんびりと言った。

「間もなく捕まるよ。大騒ぎになっているんだ。本人だって、弁護士と相談すれば、逃げ回るよりは出頭したほうがいいということはわかるだろう。轢き逃げなんぞせずに、すぐに車を止めて被害者を病院へ運んで、素直に謝っちゃえばよかったんだ。どうして、そんなに馬鹿なことをするのかな。私には信じられんよ」

「魔がさしたんじゃないでしょうか」

真実子は自戒するように言った。

「私も気をつけなくちゃ」

「ま、そういうことだな。とにかく、今日はご苦労さんでした」

富沢はそう言って、とりあえず話題を締めくくった。

21

佐賀県警の高原署では、轢き逃げ現場から走り去った森原の行方を捜索していた。

もちろん県外に走り去った可能性もあるのだが、高原市内には森原研究所が調査している丹前山古墳もあるので、一応土地鑑もあり潜伏の可能性も否定できない。

その日は、午後から発掘事務所の家宅捜索が行われた。

そんな目立つところに隠れているとは思えないが、相手は素人《しろうと》だ。切羽《せっぱ》つまってそうすることも考えられる。

しかし、やはり徒労だった。

丸目は本来の交通課の仕事が忙しく、捜索に立ち会えなかったので、帰って来た刑事課の海野《うんの》に聞いた。

「やはり、いないか」

「ええ、隠れていた痕跡もないです」

海野は疲れ切った顔で答えた。

「やっこさん、どこへ行ったのかな。逃げ回ってもしょうがないのに」

そう言って丸目はデスクの上にあった冷えた茶をすすった。

「——車が発見されないのは、どうしてなんですかね」

海野はぼやいた。

「おいおい、こっちに尻を持ち込む気か」

冗談めかして丸目は言った。車は交通課の管轄である。

「とんでもない。違いますよ」

海野はあわてて言った。

むろん丸目は冗談のつもりである。

「それはこっちも不思議なんだよ。なにせベンツなんだからな。どこへ行っても目立つはずなんだが——」

「それにしても、こんな程度の事件で、散々振り回しやがって、捕まえたらタダじゃおかないって感じですよ」

「ぶっそうなことを言うなよ」

丸目は笑ったが、ある意味で怒りは当然だと思った。相手が今や有名人だけに、捕まらないと世論に叩かれる。その割には、大した手柄にもならない。

その日の夕方、丸目のところに、一本のタレ込み電話があった。折悪しく課員が出払っていたので、丸目自らその電話をとった。

——もしもし、交通課ですが。

——森原威一郎の居場所を教えようか。

男の声が言った。暗くて下品で、どことなく嫌な感じのする声である。

——あんた、誰？

丸目は言った。

——そんなことはどうでもいいだろう、知りたくないのか？

——教えてほしいな。どこにいる？

——丹前山古墳の発掘事務所さ。

——そこはわれわれも探したけれども、いなかったぞ。

——その時はいなかったのさ。今はいる。今、奴は所員の運転する車のトランクに隠れて、ここを脱出しようとしているぜ。

——本当か？

——嘘だと思うなら、捕まえてみるんだな。白の国産車で、ナンバーは「高原５—ほ１２５２」。いいか、メモしたか？「高原５—ほ１２５２」だぞ。そのトランクに森原は入っている。運転しているのは、所員の佐田という男だ。

——あんた、どうしてそこまで知っている？

答えはなかった。ガチャリと乱暴な音がして、電話は切れた。

丸目はすぐに手配した。自分も行くつもりだったが、とりあえず近くにいそうなパトカーに連絡したところ、そのパトカーはまさに通報どおりの国産車を、市内から高速道路へ向かう途中で捕えた。

「何ですか?」

運転していた分厚い眼鏡の男は、止められた瞬間からおどおどしていた。警官は間違いないと思った。やましいことをしていないのなら、こんな青い顔はしないはずである。

「トランクを開けなさい」

「なぜですか?」

男はそれでも抵抗した。

「いいから開けなさい。重要犯人が隠れている、という連絡があったんだ」

「わ、わかりました」

男は言ってトランクを開けた。そろそろ暗くなりかけていたので、警官が懐中電灯を片手にもう一人の同僚とトランクを覗き込もうとした時、運転していた男は転がるように運転席を出ると、前のほうに走って逃げ出した。

「待て」

警官は二人して急いで男を追いかけ、すぐに取り押さえた。男は真っ青になって荒い息で、その場にへたり込んでしまった。

「さあ、来い」

首根っこを摑《つか》んで男を立たせると、警官は戻ってトランクの蓋《ふた》を開けた。これじゃあ逃げるはずだ、と警官は思った。車の中には、シートにくるまれた男の死体が入っていたのである。

22

「これは誰だ？」

その紫色に変色した顔を一目見て、誰だかわかったが、警官はあえて男に尋ねた。

「知りません」

男はぶるぶる震えながら首を振った。

「知らないはずがあるか！」

警官は一喝《いっかつ》した。

「お前が運転していた車のトランクに入っていたんだぞ。いい加減、嘘をつくのはやめたらどうだ。嘘をついてばかりいると、ますます罪が重くなるぞ」

男は泣き出した。

「すいません。すいません。それはうちの所長です」

「つまり、森原威一郎だな？」

「そうです」

「お前が殺したのか？」

もう一人の警官が聞いた。

「いえ、違います。殺したのは私じゃありません」

「じゃあ、いったいどうしてお前の運転していた車のトランクの中に、この死体が入っているんだ?」

「こ、答えられません。とにかく弁護士を呼んでください」

男は蒼白な顔をしながらも、そう言った。

「何、弁護士だと? ふざけやがって」

警官は毒づいた。

「それで、何か喋《しゃべ》ったのか?」

高原署交通課の丸目は、刑事課の海野刑事に尋ねた。

「いいえ、まだです。弁護士を呼んでくれの一点張りで、どうしても事情聴取に応じようとしません」

「やれやれ弁護士か。最近の犯罪者は悪知恵がついて困るな」

丸目はぼやいた。

「それは人権上、ちょっと問題発言ですね」

海野は言ったが、心の中では丸目に同感だった。

「昔はそんな面倒な手続きをしなくても、被疑者が喋ったものだ。ところで、死因は?」

「絞殺ですね。どうも後ろから、ロープのようなもので首を絞められたらしいということです」

「死亡推定時は？」

「確か一週間前の――」

と、海野は手帳を取り出して、

「七月三日頃ではないかということです」

「三日というと、轢き逃げのあった日か」

「そうです」

「ということは、轢き逃げをした後、どこかへ行って殺された。車は？」

「それはこっちが聞きたいですよ」

「どこで何のために殺されたんだ？」

丸目は言った。

「そんなことは、あの男が知っているんじゃないですか」

あの男とは、森原の死体をトランクに入れていた車を運転していた、森原考古学研究所の所員である。発掘担当者の一人で、名前は佐田次郎といった。

「この佐田という男が殺したことは間違いないのか？」

「いや、殺しはしていないって言っているんです」

「殺しはしていない？　じゃあ、どういうことなんだ？　なぜトランクに死体があった？」

「さあ、そいつをうまく言い抜けるために、弁護士のアドバイスが必要なんじゃないですか。

どうやったら罪が軽くなるだろうか、計算しているんですよ」

「それにしても変な事件だな」

丸目は言った。

とにかく殺人の動機が浮かんでこない。森原はなぜ所員に殺される必要があったのか。それ以前に、事件の発端となった轢き逃げも奇妙だ。いや、轢き逃げというより、正確には当て逃げである。あの程度のことでどうして森原は泡を食って、あの現場から逃げたのだろうか。

「ところで丸目さん」

海野は改まって言った。

「何だい?」

「あの交通事故の被害者の男、何ていいましたっけ?」

「ああ、冬沢だよ。冬沢誠、まことは誠実の誠だ」

「その冬沢なんですけれども、本当に森原の顔を見たんですか。その証言は確かなんですか」

「ああ、写真を見たら、そう言ったよ。確かにこの男だって」

そう言いながらも、丸目は何か心に引っかかるものがあって反問した。

「それがどうかしたのかね?」

「いや、実は警視庁経由で奇妙な情報が入りましてね」

「奇妙な?」

「ええ。あの日、ちょうどその森原が車で当て逃げした時刻なんですが、その車と森原の姿を、山梨県で見たって言うんです」

「山梨県?」

「ええ、中央高速のパーキングエリアだそうです」

丸目は一瞬言葉に詰まって、しばらく考えた後、

「そんなことがあるわけがないだろう。山梨とここじゃ、ざっと千キロほども離れているんだ。同じ時間に森原がいたはずがないだろう?」

「ええ。でも、その目撃者は確かに森原の車と本人を見たって言っているんです」

「なんていう男だ?」

海野は再び手帳を見た。

「永源寺峻。職業はトレジャー・ハンターだそうです」

「トレジャー・ハンター? トレジャー・ハンターって何だ?」

丸目はどうして日本語で言えないのかと、こんな時に思う。

「宝探し人だそうですよ」

と、海野は笑って、

「どうもいかがわしい職業に就《つ》いている男のようですね」

23

都心の永田町に近い一流ホテルのスイートルームのバスタブに、その男はいた。泡だらけの広めの浴槽に、真っ黒に日焼けした筋骨逞《たくま》しい体を沈めている。胸毛をはじめとして、体のあちこちには剛毛が生え、それを掌で気持ち良さそうになでまわしながら、男は太い葉巻を吸っていた。こうしてバスタブにつかって一服するのが、男の何よりの楽しみなのである。

バスルームの外で電話が鳴った。しばらくすると、ドアが開いて、全裸にバスローブ一枚を纏《まと》っただけの女が電話の子機を持ってきた。

「誰からだ？」

男は不愉快そうに言った。

「佐々木さんからです」

女はそう言って、子機をバスタブに入っている男に渡した。男はそれを受け取ると、

――用談中に電話をするなと言っただろう。

と怒鳴りつけた。

――申し訳ありません。西岡さまより、緊急の要件でございますので。

秘書の佐々木は弁解するように言った。

――ただいまお代わりいたします。

電話口の向こうで人が代わった気配がした。男は言った。

――北方だ。

――先生、ご清遊中のところ、申し訳ございません。

――何があった？

――大変な事態が出来《しゅったい》いたしました。森原威一郎が殺されたんです。

――森原？　あの考古学研究所の所長か？

――はい、そうです。つい先ほど死体で発見されたと、佐賀県警のほうで発表がありました。

――西岡。まさか、お前の差しがねじゃないだろうな？

北方は、まるで相手がその目の前にいるように、目を剝《む》いて前方を睨《にら》みつけた。

――とんでもございません。そんなことを私どもがするはずがございません。

――そうかな。森原はお前の目の上のたんこぶだったはずだ。だが、ここではっきり言っておくが、森原のことに関してはこちらは一切与《あずか》り知らぬことだぞ。

――わかっております。わかっておりますが。先生、ご迷惑をかけるようなことは決してございませんから。

――わかればいい。とにかく、言いたいことはそれだけか？

――はい。

――また、連絡する。

北方はそう言って電話を切ろうとしたが、切り方がわからないので、側に立っていた女に渡した。女は外線のボタンを押して、電話を切った。

北方は、子機を戻しに行こうとした女の手を引っ張った。

「あっ、濡れちゃうわ」

「そんなもの着ているからだ」

北方は言った。

「早く脱いで入ってこい」

「はいはい、わかりました」

女はバスローブを脱いだ。まるで小さな西瓜《すいか》のような巨大なバストが、その下から現れた。

「ねえ、今の人って、あの西岡会長?」

人間二人が入るには少し狭いバスタブに、体をすぼめるようにして入ってきた女は言った。

「天下の西岡も、わしの前ではひよっこ同然だ。どうだ、見直したか?」

「うん。パパ、ちょっと見直しちゃった」

女は笑った。北方も満足げに笑った。

24

峻のマンションに、真実子と東海林夕子が来ていた。事件の意外な展開に、三人とも少し戸惑い気味だった。

「そもそもこの事件は、夕子さんの婚約者の田口さんが自宅のマンションで殺されたことを発端としている。その田口さんは殺された時に、確かに古い鏡、方格規矩四神鏡《ほうかくきくししんきょう》を握っていた。にもかかわらず、夕子さんがいったん外へ出て後で戻ってみると、その鏡は奪われていた。なぜ、田口さんは殺されなければならなかったか？　なぜ、犯人は鏡を持ち去ったか？この謎がある」

と、峻は一息置くと、

「次に、森原威一郎だ。森原威一郎は、なぜ殺されなければならなかったか。それ以前に、なぜ失踪《しっそう》したのか？　これがわからない」

「失踪したのは、轢《ひ》き逃げしたからじゃないの？」

と、真実子が言った。

「だけど、彼は本当は轢き逃げなんかしてないんだ」

峻は拳《こぶし》を握りしめて言った。

「彼はしていない。なぜなら、彼は同じ時刻に自分の車で山梨県にいたんだから。山梨県にいた人間が、ほとんど同じ時刻に佐賀県で轢き逃げなんかできるはずがない」

「そこのところは私も考えたんだけれども、こういうことは考えられない？」

「どういうこと？」

「つまり、それは――」

真実子が自分の考えを言おうとした時、突然、玄関のベルが鳴った。峻は立ち上がって、インターホンをとった。峻のマンションはオートロック式ではないが、玄関に来た人間の顔は小型のテレビカメラでモニターできる。そこには三十過ぎの背の高いスーツ姿の男が立っていた。そしてその隣に、これも同じく背が高く、顎鬚《あごひげ》を生やしラフな格好をした男が見えた。こちらのほうは知っている。警視庁の岡田刑事である。

――こんにちは、ちょっとお話を伺いたくてやって来ました。

岡田は言った。

――どうぞ、お入りください。

峻はそう言って、インターホンを切ると、急いで玄関のところまで行ってチェーンを外し鍵を開けた。

「ご紹介します。こちらは佐賀県警高原署の海野刑事です」

岡田は言った。海野はちょっと部屋の奥を見ると、

「ご来客中のようですが、構いませんか？」

「いいですよ。お上がりください」

峻は二人を部屋に上げると、真実子と夕子を二人に引き合わせた。

「そうですか、あの田口さんの婚約者の方」

海野は驚いていた。

「ええ、そうなんです。たまたま今、あの事件のことや今度の事件のことを話していたんですが、そのことでいらしたんですね」

「ええ、そうです」

海野は出されたコーヒーにはほとんど手をつけず、ソファから身を乗り出すようにして、

「こちらの岡田さんにも伺ったんですが、あなたはその轢き逃げ事件のあった七月三日、山梨県の中央高速上で森原を見たというんですね?」

「そうです」

「そして、しかもそのナンバーは」

と、海野は内ポケットから手帳を取り出して、

「高原55－す3362」

「そうです、間違いありません。何度も聞かれるから、僕はもう覚えちゃいましたよ」

峻は言った。

「そのあなたが見た男なんですが、この男に間違いないですか」

海野は二葉の写真を取り出した。一枚は、おそらく運転免許証用だろう、正面前向きのしゃちほこ張った顔のアップ写真で、もう一枚はゴルフ場で撮ったらしいスナップだった。峻はその写真をもう一度穴のあくほど見てから、大きく頷いた。

「確かにこの男でした。いや、正確に言えば、この写真そっくりの男を見ましたというべきなのかな」

「それならいいんですがね」

海野は憂鬱《ゆううつ》そうな顔をして言った。

「双子でもいれば話は簡単なんですが、そういう男は一切いないんです。あなたが見たのが森原だとすると、うちの署の管内で轢き逃げ事件を起こした男はいったい誰だったのか?」

「確かに目撃者は、森原を見たと言っているんですか」

「ええ、間違いありません。正確に言えば、被害者ですがね」

「被害者、つまり轢かれた人ですね。その人はどんな人ですか」

「冬沢といって、高原市内の商店街で小さな薬屋をやっている男なんです。家族はいない一人暮らしで、もう六十過ぎのかなり歳を食った男です」

「今、被害者とわざわざおっしゃいましたが、事件のほうには目撃者もいたんでしたね?」

「ええ、そのほうは町田悟という車のディーラーをやっている男なんですが、彼は運転者の顔は見ていないんです」

「その代わりにビデオを撮った」

「そのとおりです」

海野は頷いた。

「そのビデオに、確かにナンバープレートが写っていたんですね?」

「ええ。私も何度も確認しましたから。ここに写真もあります」

と、海野はおそらくテレビ画面を一眼レフで撮ったらしい写真を見せた。不鮮明だが、確かにナンバーが写っているのは確認できる。そのナンバーは間違いなく、「高原55－す3362」だ。

「困ったな。僕が見たのも、このナンバーなんだ」

峻は言った。

「そのことで伺いたいのですが、何か写真を撮られたとかいうようなことはありませんか。あるいは、あなたの他にそのナンバーをご覧になった方は？」

「残念ながらいません」

峻は首を振った。

「見間違いでもありません。僕はあの車が止まっていた駐車場にずっといたし、何度もプレートは見ている。この番号で絶対に間違いありません」

「困りましたねえ」

と、横から岡田刑事が腕を組んで言った。

「とにかく、あちらを立てればこちらが立たずということになります」

「でも、ナンバープレートなんて、作ろうと思えば作れるでしょう？」

と、真実子が口を出した。

「偽造プレートですか」

海野は頷いて、

「確かに、それはできないことじゃありません。しかし問題は、二人とも運転者は森原だ、と言っていることです。どちらかが見間違いをしたか、あるいは——」

「嘘を言っているかですね」

峻は笑った。

「いえ、そんな失礼なことを申し上げるつもりはないんですが」

と、海野はあわてて、

「しかし、どうしたってそういうことになるわよね」

と、真実子は言った。

「刑事さん」

峻も身を乗り出して、

「刑事さん、どちらを信じるかは確かにあなたのご自由ですけれども、ただ僕は、彼が車に乗るところから運転するところ、あるいは降りるところ、その後歩いているところを全部見ているんですよ。しかし、その冬沢という被害者が見た顔は一瞬のことなんでしょう。一瞬だったら、見間違いということもあるんじゃないですか?」

「そうかもしれませんね。いや、よくわかりました」

海野はうなずいた。

「わざわざ、そのことを調べにいらしたんですか」

「ええ、そうなんです。他に森原の東京事務所に関して、関連調査もしようと思っていましたから」

海野は答えた。

「それではどうですか？　これから現場まで行ってみませんか。もし、お時間があればですが」

と、峻は言った。

「現場？」

「ええ。ちょうど時間も頃合いだし、世田谷の森原研究所を出発して、山梨県の僕が森原を見失ったところまで」

そう言って、峻は気がついて頭を叩いた。

「そうか、僕は何て馬鹿だったんだ。他にも証人がいるんだ」

「えっ、証人とは？」

「その森原が入っていった建物の人ですよ。確か考古学の展示館のようだったけれども、そこへ森原は入っていったんだから、そこの人が覚えているはずです」

「なるほど、それなら有力な証言になりますな。じゃあ、とにかくこれから行きましょう。車はどうします？」

「僕のに乗りますか？」

「私も連れてって」

真実子がすかさず言った。

「いいよ。夕子さんはどうします？」

「私も連れてってください。興味がありますから。それに、もう今日は仕事もありませんし」

「わかりました」

結局、峻の車に真実子と夕子が乗り、岡田刑事の車に海野が乗って、二台で目的地を目指すことになった。まず、二台の車は、峻の自宅から車で二十分ほどの森原考古学研究所東京事務所に寄り、そこからまるでラリーのスタートのように二台次々と発進した。

その日は道路が空いていたので、わずか一時間半ほどで峻の車は中央高速の山梨県内にある釈迦堂《しゃかどう》パーキングエリアに着いた。

「ここです」

峻は車を降りると、車を駐車させて近づいてきた海野たちに指さした。

「じゃあ、行ってみましょう」

海野は言った。

25

パーキングエリアの端にある小さなゲートをくぐって、なだらかなスロープの道を上がったところに、芝生の中央に丸太で作った階段がある。その階段を上がっていくと、鉄筋コンクリート二階建ての建物があり、入口には「釈迦堂遺跡展示館」の看板が掛かっていた。

「ここですね？」

海野は峻に念を押し、峻が頷くのを待ってから中に入った。そして、受付の入場券売場に行くと、警察手帳を中の女性事務員に見せた。

「すみません。ちょっとお話を伺いたいのですが、責任者の方は？」

中年の女性事務員は驚いたように立ち上がると、慌てて中へ入った。入れ代わりに眼鏡をかけた中年の男が、海野の前に現れた。

「事務長の深谷といいますけれども、何かご用でしょうか」

「ちょっと事件の捜査関連で、お伺いしたいことがあるんです。よろしいでしょうか」

「では、こちらへどうぞ」

と、深谷は海野や峻たちを事務室横にある小さな応接間に案内した。

「何でしょうか」

「七月三日の午後四時半頃なんですが、ここにこの人が来ませんでしたか」

と、海野は写真を出した。

「おや、これは」

と、深谷は驚いたように眼鏡をずり上げると、

「森原研究所の森原さんじゃありませんか」

「そうです、ご存じなんですか」

「ええ。考古学の世界では、わりと名の通った人ですから。一、二度お会いしたこともあります」

「そうですか。で、彼はここへは来ませんでしたか?」

「いや、来てはいないと思いますね」

と、深谷は言った。

海野はちょっと驚いたように峻を見て、それから深谷を見た。

「どうしておわかりになるんです?」

「いえ、もし森原さんがこちらへお越しなら、私に声をかけないはずはありませんから。何か資料が欲しいとか、そういうことであればですね、事務室にいる私を必ず呼ぶはずなんですが、当日私はおりましたけれども、そんな話はございませんでした」

「一般入場者として入ってきたなら、わからないんじゃないですか」

横から峻が口を出した。

深谷はそちらを見ると、ちょっと不快そうに、

「それはそうかもしれませんが、そんな必要がどこにあります? あの方は古墳時代、私どもは新石器時代ですから専門が違いますし、ここへ来て一般見学者として入るというのがわかりません。何のためにそんなことをする必要があるのでしょうか。それに第一——」

と、深谷は思い立ったように立ち上がった。

「ちょっと待ってください。調べてまいりますから」

と、深谷は一度事務所のほうに戻り、帳簿を持って戻ってきた。

「やっぱりそうでした、刑事さん。あの七月三日は閉館時間を繰り上げまして、四時になっているんです。したがって、四時以降は一般入場者はないはずです」

海野は岡田と顔を見合わせた。今度は岡田が聞いた。

「閉館時間は繰り上げとおっしゃいましたが、普段は何時までなんです？」

「ええ、普段は六時まで開いております。ここへは車でいらっしゃる方がほとんどすべてですから」

「しかしですね、なぜその日に限って四時にされたんですか」

「いや、ちょうど館長が学会に出るためいませんでしたし、照明の一部が壊れまして修理をする必要があったものですから」

「それは、その日に修理されたんでしょうか」

再び峻が言った。

深谷は今度は露骨に不快そうな顔を見せ、

「刑事さん、この方はどなたなんです？　お仲間ですか」

「いえ、そうではなくて、実はこの方、七月三日の四時半に森原さんがこの研究所に入っていくのを見たとおっしゃっているんですよ」

海野は言った。

「そんなはずはありませんね。閉館時間を過ぎたら、扉は施錠したはずです。外部から人は入ってこれないはずです。それに先ほど申し上げたように、森原さんがいらしたならば、われわれに声をかけないはずがないんですよ」

「でも、僕はちゃんと見たんだ。ここへ森原さんが入っていくのを」

「それは、何かのお間違いでしょう。私どもは、そのような事実はないとはっきり申し上げられます」

深谷はきっぱりと言った。

26

峻は展示館を出ると、ずっと不快な表情のまま階段を下りて車のほうに向かっていた。岡田が声をかけた。

「永源寺さん」

「岡田さん、おわかりでしょうけれど、あいつは嘘を言っていますよ」

峻は言った。

「間違いなく、あの日、森原はここに入ったんです。そして、おそらくここで殺されたか、殺されるような目にあったかしたんです。殺される準備段階としてどこかに連れ去られたんです。そうとしか考えられませんよ」

「私も、そうじゃないかという気がしてきました、正直言って」

と、岡田は言った。

「だが、何の証拠もありません」

「じゃあ、僕の言うことを信じてくれないんですか」

峻は正面切って言った。

「いや、信じてますよ。海野さんは別として、私はあなたを信じています。長い付き合いですからね」

「ひどいな、岡田さん」

と、海野はぼやいてみせた。

「でも、海野さん、やっぱりあなたは峻の言うことを信じてないんでしょう?」

真実子が言った。

「うーん、それは難しい問題ですね。何しろ、言っていることがまるっきり食い違っているんだから」

「ということは、やはり信じてないっていうことね」

「まあ、そんなに即断しないでください。もう少し脇を固めてからでもいいんじゃないですか」

「脇を固める?」

峻はけげんな顔をした。

「ええ」

と、海野は頷いた。

「まだ、犯行現場の特定もできていないし、いろいろ周辺状況がわかってきたところで、もう一度、事件を洗い直すことも考えてますから」

「本当ですか」

峻は疑いの目を向けた。

「本当ですよ」

海野は、心外そうに頷いた。

「でも、犯行現場の特定って、まだできないんですか」

と、真実子が口を出した。

「ええ。それが、佐田が頑として口を割らんのですよ」

「佐田というのは、その森原所長の死体を車のトランクに積んでいた男ですね。警察は、その男を犯人と見ているんですか?」

峻は聞いた。

「本人は死体を運んだだけだと言っているんです。ただ、じゃあその死体がどこにあったかということについて、頑として口を割らんのです」

峻は真実子と顔を見合わせた。

「それは奇妙な話ですね」

峻は言った。

「じゃあ、やっぱりその男が犯人なんじゃない？」

真実子も言った。

「それなら話は簡単ですがね」

海野は、まだ心の底に引っかかるものを感じているのである。


その佐田の取調べは、佐賀県の高原署であいかわらず続けられていた。

「佐田、お前、何考えているんだ。いいか、お前にかかっているのは殺人の容疑なんだぞ」

取調官は言った。

「――――」

「いいか、よく考えろ。お前が森原を殺したんじゃないとしたら、その死体はどこで見つけたんだ？」

「車のトランクの中です」

佐田は言った。

「トランクの中？　つまり、お前じゃない誰かが、勝手にそのトランクに死体を詰め込んだというのか？」

佐田は頷いた。

「そんなはずがあるか。じゃあ、なぜお前はその車から降りて逃げようとしたんだ？」

「このままじゃ、犯人だと疑われると思ったからです」

「警察に届ければいいだろう」

「いえ、そんな状況だったら、犯人にされてしまうことは間違いありませんから」

佐田の言いぐさに、取調官は怒りを浮かべて、

「じゃあ、お前はあの死体をどうしようと思っていたんだ？」

「別に」

「別にっていうことはないだろう。あのまま、ずっと放っておくわけにもいくまい」

「どこかで降ろそうと思っていました」

「降ろすというのは、つまり捨てるということか」

「――――」

「捨てるということだよな。つまり、死体遺棄をしようとしたわけだ」

「違います」

「どこがどう違うんだ。言ってみろ。それとも、何か死体を処分してくれるあてがあったのか」

そこで佐田は、また口を貝のように閉ざしてしまった。取調官は呆れて、持っていたボールペンを放り投げた。

27

「つまり、奴は何か隠しているっていうことか」

出張から帰ってきた海野に、交通課の丸目警部補は言った。

「そうなんです」

海野は頷いて、

「何か変なんです。普通なら、自分が殺人犯にされることが嫌だから、余分なことは言わないんだろうというふうに考えるかもしれませんが、どうも何か隠している。ひょっとしたら、誰かをかばっているんじゃないかという気すらしてくるんです」

「犯行現場は、どのあたりの可能性があったのかな」

「発見された時はかなり時間がたっていましたから、どこという特定はできません。まあ、常識的に考えて、この高原市の近くだとは思うんですがね」

「それにしても、どこかで死体を見つけたのなら、その場所を言えばいいのに」

「ええ、そう思います。そこで発見したって、ちゃんと言えばいいんですがね。車の中に入れてあったなんていうのは、明らかに嘘ですよ。どうして、そう辻褄《つじつま》の合わないことを言うんですかね」

「やっぱり嘘か。本当の可能性はまったくない？」

丸目は念を押すように言った。

「ええ。そう思いますね」

海野は言った。

「じゃあ、犯行現場、いや、死体発見現場と言ったほうが正確かな。どこかにあったとしよう。そこで死体を見つけた佐田は、車のトランクに詰め込んで運ぼうとした。ただ、それがどこであったかということについては、固く口を閉ざしている。いったい、どうしてだ?」

「そんなこと、こっちが聞きたいですよ。それがわかれば、かなり捜査は進展すると思うんですがね」

「それにしても、佐田っていうのは相当なタマだな。これだけ取り調べられても音《ね》を上げないとは」

「ええ。ちょっと見るとひ弱そうな男に見えるんですがね。ま、その点だけは大したものですよ」

海野はいまいましそうに言った。

「ま、とにかく頑張ってくれ。ここじゃ、滅多にない事件だからな」

丸目はそう言って、海野を励ました。

その丸目に、また不可解な電話がかかってきたのは、その日の夕方のことである。たまたま偶然、丸目が受話器をとった。そこから漏れてきた声は、あのタレ込み電話と同じ声であった。森原威一郎の死体の場所が、車のトランクだと教えた人間の声である。

――森原が殺された場所を教えてやろうか？

――あんた、いったい誰だ？

――そんなことはどうでもいい。知りたくないのか？

――教えてくれ。いったいどこなんだ？

――丹前山古墳の石室《せきしつ》の中だよ。

――何、石室？

丸目は、石室という言葉が咄嗟《とっさ》にわからず、しばらくして、それが古墳の中心にある埋葬施設であることを思い出した。

――石室って、あの石で組んだ棺なんかが納めてあるところか？

――そうだよ。丹前山古墳の中心、そのまさに古代の人間の棺があったところに、森原は横たえられていたのさ。

――どうして、そんなことを知っている？

――そんなことはどうでもいい。もし、疑うなら調べてみろ。森原の血痕が、石室の中の石に付着しているはずだ。今は科学捜査で本人の血かどうか、簡単に判別できるんだろ？

――もう一度聞く。お前は誰だ？

その言葉に対する答えはなかった。電話はそのまま切られた。丸目は、いまいましげに受話器を叩きつけた。

丸目の通報を受けて、直ちに捜査令状がとられ、高原署の刑事課が総出で丹前山古墳に向かった。

28

古墳内は特別な照明施設がないため、警察では充分なライト類を用意していた。

「何をするんです?」

森原に代わって現場責任者となっている研究所主任の小寺《こでら》が抗議した。小寺の他に、この丹前山古墳発掘現場にはプレハブの事務所に七人が寝泊まりしている。

「この古墳の中央で森原氏の死体が発見されたという通報がありましたので、家宅捜索をします」

主任の稲垣《いながき》警部補が言った。

「ちょっと待ってください。この古墳は考古学的に非常に貴重な遺物なんですよ。あなたたちが土足で入ったりしたら、すべてぶち壊しになってしまいます」

「その点は、われわれもあなたたちのアドバイスを受けて配慮する用意があります。とにかく、この中で森原氏が殺されていたという通報がありましたので、確認しなければ」

「やめてください。そんなことをしたら、遺跡がめちゃくちゃになってしまう」

「いいですか、捜査令状もちゃんとここにあるし、もし邪魔をするなら、あなたは公務執行妨害の罪に問われますよ」

稲垣はそう言い捨てると、部下たちに合図した。鑑識の人間が墳丘中央部の上に建てられた仮小屋に入ろうとして、ちょっとした小競《こぜ》り合いが起こった。

この墳丘中央部には横穴式の石室があり、その石室を覆うような形でプレハブの建物が建てられている。ドアを開けて中に入ると、その下に発掘された石室部分が露出しているのである。稲垣も、捜査上の必要性とは別に、内部がどうなっているのか興味があった。

主任の小寺も、ようやく中を取り調べることには同意した。なまじ抵抗して、かえって中がめちゃくちゃにされては、と思い直したのである。小寺は大型の懐中電灯を片手に、中に降りた。石室の床までは梯子《はしご》が下ろされていて、その梯子を降りる形になっている。中に入ってみると、思ったより広いのに稲垣は驚いた。

「これは、どれぐらいの広さなんです？」

稲垣は思わず尋ねた。小寺は不機嫌そうな表情のまま、

「玄室《げんしつ》の長さが六メートル、幅が四メートルで天井の高さは五メートルあります」

「五メートル。相当高いですね」

「飛鳥《あすか》の石舞台《いしぶたい》古墳をご存じですか」

小寺は言った。

「石舞台。ええ、聞いたことがあります。確か、蘇我馬子《そがのうまこ》の墓と言われている、石室が剝《む》き出しになっている古墳でしたかな」

「そうです」

小寺は、稲垣が少しは考古学を知っているのに機嫌を直したのか、

「あの石舞台古墳の天井より、ここは高いんです。初めはこの丹前山古墳を竪穴《たてあな》式と発表しましたが、実は奥が広く、正確に言うと竪穴式から横穴式への過渡期、つまり一種の折衷《せっちゅう》構造と考えられます。形状といい埋納物といい、こんな古墳は今まで例がない」

と、おだやかに言った。

「そうですか」

稲垣は改めて中を見た。黴臭《かびくさ》いにおいがする。ライトに照らされたのは、丸い自然石をいくつも積み上げた考古学現場ではよく見られる景色であるが、自分がマスコミ公開に先立って中に入ったと思うと、捜査の都合上とは言え、得をしたような気分になった。

「それにしても、ここが犯行現場だなんてでたらめなことは、誰が言ったんですか。いたずらに決まってますよ。そんないたずら電話を、警察はすぐにも信じるんですか」

「いたずら電話をいちいち採り上げているわけではないんです。そうだと信ずる根拠がありましてね」

稲垣は言った。根拠とは、先に森原の死体の在《あ》り処《か》を教えてきた電話と、同一人物だということである。単なるいたずらでないことは、それで明らかだ。しかし、稲垣はそのことは小寺には説明しなかった。まだ、情報をそこまで公開する段階ではない。

「とにかく調べさせてもらいます」

「まず何をお調べになりたいのですか」

小寺はまた不機嫌になって言った。その声が石室の中に微妙に反響して、稲垣は何か背筋に震えるものを覚えた。

「通報では、この古墳の中央の棺の近くに、森原所長の遺体が置かれていたっていうんですがね」

「そんなこと、本気でお信じになっているんですかね。それなら、ここですが」

小寺は指さした。石室のいちばん奥の部分に、気がついてみると大きな石棺が安置されていた。

(これが、卑弥呼《ひみこ》の石棺なのかな)

と、稲垣は改めて、その巨大な石棺を見つめた。前に藤ノ木古墳で発掘されたものと、形はよく似ていた。いわゆる家形の石棺である。蓋《ふた》の部分が家の屋根のようになっている。そして、岩肌の上のところどころにあざやかな赤が残っていた。おそらくは朱を塗ってあったのだろう。

「この蓋は、どうやって開けます?」

と、稲垣は小寺に向かっていった。蓋の重さは相当ある。とても、一人や二人で持ち上げられる重さではない。

「開けるですって?」

小寺は驚いたように目を見張り、大きく首を振った。

「そんなことはできませんよ」

「できない？　こちらには捜査令状があるんです」

「そんなものがあっても駄目です」

小寺はにべもなく言った。稲垣は睨みつけるように小寺を見た。

「この石棺には、盗掘された形跡がありません。すなわち、千五百年以上も前の人間がそのまま残っている可能性があるんです。しかし今、蓋を開けたら、空気中の酸素に触れて、猛烈な腐敗と変質が始まります。そうしたら、日本考古学上の大損失ですよ。そんなことは、絶対にできません」

「じゃあ、この蓋はいつ開くんです？」

「まず、開棺しても大丈夫なような環境を整えることが先決ですね。具体的には、窒素等が充塡《じゅうてん》された、内容物の変質を起こさない環境を作り、そして開棺する。時間は結構かかりますよ」

「具体的には？」

「そうですね。藤ノ木古墳の例で言えば、三年かかりました」

「三年も？　冗談じゃない。これは殺人事件の捜査なんですよ」

稲垣は憤然として言った。

「お立場はわかりますけれども、それはできません。第一、殺人事件に関係あるはずがない。この石棺の蓋を見てごらんなさい。一人や二人で動かせる代物じゃありませんよ。あなたは、この中に犯罪捜査の手掛かりがあるとでも言うんですか」

そう言われてみればそうだった。稲垣はやや怯《ひる》むのを感じたが、ここで引き下がるわけにいかない。

「じゃあ、何とかして中を覗かせてください。それならどうです？」

「それも駄目です。空気が入りますからね。ただ――」

と、小寺は近づいて、いとおしそうにその石棺の蓋を撫でると、

「近々、ドリルで穴を開けて、ファイバー・スコープを突っ込む予定です。内容物の確認が必要ですからね」

「ファイバー・スコープ？」

「ええ。まあ、胃カメラのようなものだと思っていただければ。前に藤ノ木古墳の石棺が発掘された時も、まずファイバー・スコープで中身を覗きましたが」

そう言われて、稲垣は思い出した。確かに、そういう映像をテレビで放映していたのを記憶している。

「わかりました。じゃあ、そこのところは今回は引き下がりましょう。しかし、このあたりの血液検査はしなければならない」

「どういうことをなさるんですか」

「試薬をふりかけて、血液反応があるかどうか調べます。サンプルがあれば採取して、その血液の内容を特定します」

「試薬——」

小寺は苦々しげに周《まわ》りを見た。

「それもお断りしたいところですね、貴重な遺物に。この中もまだ充分に調査し尽くしたとは言えないんです」

「残念ですが、そこまではこちらも引き下がれませんね」

稲垣は鑑識課員にそれを命じた。

29

収穫はあった。例の石棺の前の部分に当たる石室の床に、数カ所血痕が発見され、それを分析したところ、間違いなく被害者森原威一郎の血痕であることが判明した。森原の死体は、相当期間ここに横たえられていたらしいということがわかったのである。

「それにしてもおかしいですね。死因は絞殺じゃなかったか?」

捜査会議の内容を聞いた丸目は、開口一番その疑問を漏らした。

「ええ、そうなんです」

海野は頷いた。

「ただ、手首や首に若干の擦過傷《さつかしよう》があって、そこから血が出たんじゃないかと」

「擦過傷？　擦過傷って、擦《す》り傷だろう。そんなに血が出るものなのかい？」

「ええ、それが結構ひどかったらしいんですがね。まあ、死体を引きずったような」

「それにしても、あのタレ込み野郎、なぜ血が流れているなんていうことがわかったんだ？」

　丸目の言葉に、海野はけげんな顔をした。

「どういうことです？」

「だって、死因は絞殺なんだ。絞殺ということは新聞発表もされている。だから、普通の人間だったら、現場に血が流れているなんていうことは、知らないはずじゃないか。絞殺なんだから」

「そうですね」

「ということは、奴は知っていたということだ」

「少なくとも、死体が発見される前に見たか、あるいはそいつが犯人かですね」

「そのとおり」

　丸目はうなずいた。

「でも、もし犯人だとすると、なぜそんな電話をしてきたんです？」

「決まっているだろう。佐田に罪を着せるためさ」

「だったら、佐田は自分が犯人じゃないっていうことを、もっと力説すればいいじゃないですか」

「力説はしているんだろう？」

「ええ、それはしてますけども。ただ、じゃあ死体がどこにあったのかということについては、あくまでトランクの中にあったの一点張りですからね」

「つまり、君は犯人が何らかの形であそこまで、つまりあの丹前山古墳の石室まで運んで横たえておいた森原威一郎の死体を、佐田が持ち出して捨てようとしたというのか？」

「そこまで言い切れるかどうかはわかりませんけれどもね。何の証拠もありませんから」

「それはそうだ。しかし、待てよ。でも、その石室というのはあれなんだろう、入口も相当狭くって、鍵がかかっている」

「ええ、そうです。上にプレハブが建っていて、人がいますし、下へ降りていくには梯子を使わなければいけませんから」

「そんなところに、なぜ犯人はわざわざ死体を置く必要があった？　そして、佐田はなぜそれを捨てる必要があったんだ。自分が関係ないなら、発見した段階で、すぐ警察に通報すればいいじゃないか」

海野は、それを言われて少し悩んでいたが、

「確かに捜査会議でも、その話は出たんですよ。で、一つの結論に落ち着いたのは、あの遺跡を守るためじゃないか、と」

「遺跡を守るため？」

「そうです。あんなところで死体を発見されたなら、警察が、つまりわれわれがあそこを捜

索するし、いろいろ貴重な遺物が傷ついたりするかもしれない。そこで、とりあえず死体をどこかに移そうとしたんじゃないか、と」

「なるほど、そういうことか。となると、一人でできることじゃないな」

「そうなんです。佐田があれを運ぼうとした時間というのは、夕方ですからね。もし佐田が死体を発見したのが夕方だったとすると、――いや、そんなことはありえないんです。あそこは一日中、朝からそれこそ日が暮れるまで、森原考古学研究所の職員が何らかの調査をしていますからね。あそこに死体があったのなら、すぐ誰かが気づくはずなんです」

「そうか。もし犯人があそこに死体を置いたとしたら、研究所の所員がいない時間、つまり前日の夜から明け方にかけてだな」

「そうです。そして、その時点で死体が置かれたとしたら、研究所の所員は朝以降、それに気がつくはずなんです。鑑識の結果、あそこに死体があったのは明らかですから、つまり死体は置かれた時の前日の夜から、少なくとも佐田が車で運び出す夕方まではあそこにあったことになる」

「つまり、研究所員はそれを知っていて、黙っていたというわけか。つまり共犯？」

「そういうことになりますね。今、そのへんを調べているのですが、どうも小寺という主任があの日一日、内部を立入禁止にしていたらしい。他の所員が起きてきて入ろうとしても、血相を変えて止めたという情報があります」

「つまり、小寺も共犯だということだな」

丸目は首をひねった。どうも、この事件はわからないことが多すぎるのである。

30

峻は、自宅で古い鏡ばかりを集めた図鑑を見ながらコーヒーを飲み、今回の事件について考えていた。

やはり、今回の事件のカギを握っているのは、最初の殺人の被害者田口の元から持ち去られた一枚の銅鏡ではないだろうか。その銅鏡と森原考古学研究所が丹前山古墳で発掘した卑弥呼の鏡百枚とは、同じものだという。もしそうだとすると、同じ鏡が百一枚あったことになる。もっとも卑弥呼が中国に遣《つか》いを送り、銅鏡百枚を貰ったという記述は確かに『魏志倭《ぎしわ》人伝《じんでん》』にはあるが、その鏡の図柄がどういうものであったか、あるいは百枚と言っても本当にきっちり百枚なのかということもはっきりしているわけではない。百枚というのはだいたいの数で、実際には数十枚であったり、あるいは逆に百数十枚であったことだって考えられるのである。

しかし、森原考古学研究所はきっちり百枚の銅鏡が丹前山古墳から出土したと発表している。そして、これが邪馬台国の女王卑弥呼が貰った鏡だと主張する重要な根拠になっているのである。

（だが――）

峻は、まだまだ納得いかないものを感じている。というのは、これが卑弥呼の貰った鏡だという根拠は、実は他にまったくないのである。確かに情況証拠はある。丹前山古墳そのものが、その巨大な情況証拠である。これまでの発掘史に例を見ない、九州でのあれだけ堂々とした横穴式古墳。これまで発見されたどの古墳よりも、九州らしくなく、むしろ畿内の一流古墳を凌駕《りょうが》するほどの規模。そして、巨大な家形石棺。石棺の中身が詳しく調査・分析されれば、おそらくそれが本当に卑弥呼のものなのかどうか、決着に近いものがつくはずだが、それはまだ先の話である。

あれほどの規模となると、国の援助で調査のためのプロジェクトチームが作られ、少なくとも三年近くの期間をかけて調査することになるだろう。それまで、この問題は実質的に棚上げということになる。

（これから三年間、消化不良の状態でずっと引きずられるわけか）

峻は、早く決着をつけてほしいと思ったが、これぱかりはそう簡単にいかないのである。

そこへ電話が鳴った。峻はコーヒーカップと図鑑を置くと、受話器をとった。

――富沢です。

――やあ、警部ですか。お元気ですか。

――それが、あまり元気じゃないんだ。どうも、進展がなくてね。君のほうは？

――僕のほうといっても、とりたてて進展はありませんよ。何しろ、あれ以来何も新しい情報が入っていませんからね。

――新しい情報を教えようか。

富沢は、先ほど九州のほうから報告が入ったばかりの、森原威一郎殺害事件に関する情報を伝えた。

峻は驚いて、

――何ですって？　死体は丹前山古墳の中に、石室の中にあったんですか？

――そうだ。考古学研究所の連中は、誰かが外から運び込んだのだと言っている。

――つまり、自分たちが死体隠しをしたことについては自白したわけですか？

――そうだよ。小寺という主任が、それを認めた。

――ちょっと待ってくださいよ。じゃあ、その小寺と佐田という男は、どうして死体が石室にあるのを知りながら、警察には届けなかったんです？　自分たちの上司でしょう？

――そうなんだが、その件については、遺跡を守るためと言っている。

――遺跡を守るため？

――つまり、警察が下手《へた》に踏み込んだりしたら、遺跡が踏み荒らされる。それを避けたいということなんだな。実のところ、どうなんだ？　本当にそういうことはあるのか？

富沢が峻に電話したのは、それを聞きたいためだった。

――そうですね。僕も発掘の専門家じゃありませんから、詳しいことは言えませんけれども、確かに部外者がドヤドヤと中に入って試薬のようなものを振りまいたら、環境が変わって、いろんな遺物のようなものが破壊されることは事実です。遺物と言っても、いろいろありますからね。例えば金属片のようなものが落ちているだけでも、それが重要な手掛かりになることがありますから。でも、ちょっと。

――ちょっと、何だね？

――ちょっと神経質すぎるような気がするなあ。警察の人に注意を促せば、済むことだと思うんです。それをわざわざそこまで神経遣《つか》って、いくら貴重な発見だからといって、自分たちの所長が死んでいるのに、そのまま放っておくなんていうことがありますかね。

――そうだろう？　そのへんが、俺も不自然だと思うんだ。だけど、彼らは遺物を守るためだったの一点張りなんだよ。

――それで、死体はどうするつもりだったんですか。

――車で運び出して、どこか古墳とは関わりないところに置いてくる予定だった。

――置いてくるねえ。それもひどい話ですよね。仮にも自分たちの上司でしょう。車で運んでどこかに捨ててくるなんて、上司に対する尊敬の念はないんですかね。

――そんなもの、今の若い連中にないんじゃないかな。

富沢は笑った。

――それにしても、極端ですね。わかりました。その意味を、僕もよく考えてみます。

――ああ、お願いするよ。

電話は切れた。

この事件の裏には何かある。当たり前のことかもしれないが、峻はそれを改めて認識した。

31

辻村妙子《つじむらたえこ》は、その日勤め先が休みだったので、ゆっくりと起きて、たまっている洗濯物を一気に片づけた。おおかたのものは、アパートのベランダに干し、下着類だけは室内に干した。妙子はもう四十を過ぎているが、一人暮らしのためか下着を何度か盗まれたことがあった。一度結婚したことがあるが、亭主とは死に別れ、子供はいない。この頃休日と言えば、家で一日、ぼんやりとしていることが多かった。その日も妙子は、卓袱台《ちゃぶだい》の上に湯飲みを置き、少しずつお茶を飲みながらテレビを見ていた。

そこへ突然、玄関のブザーが鳴った。

(誰かしら)

来客などめったにない部屋であった。今日は集金日でもない。立ち上がって妙子がドアを開けると、そこに顎鬚《あごひげ》を生やした、背の高い男が立っていた。

「こんにちは。私を覚えてらっしゃいますか」

男は言った。

「この間、展示館のほうに来た刑事さん？」

妙子は言った。

「そうです」

と、岡田は改めて手帳を取り出して、妙子に見せた。

「この前の件で、少しお伺いしたいことがあるんですが」

岡田は言った。妙子は、岡田たちが峻らと一緒に展示館に行った時に、最初に応対した事務員だった。

「何ですか？」

妙子の顔に警戒の色が浮かんだ。

「ちょっとしたことです。大したことじゃありません」

岡田は笑みを浮かべて、

「少しのお時間でいいんですが、構いませんか」

「ええ。じゃあ、中へどうぞ」

妙子は岡田を招じ入れ、居間の卓袱台の前に座らせると、台所に立ってお茶をいれた。

「すいません、お取り込み中のところ」

岡田は、部屋の中にも干されている洗濯物を見ながら言った。

「あら、ごめんなさい」

妙子は慌てて走ってきて、干してある下着を取り込んで、風呂場に隠した。

「下着泥棒が出るものですから」

「へえ。そうなんですか。やっぱり下着泥棒も目の付けどころが違いますね」

「えっ?」

妙子はけげんな顔で振り返った。

「つまり、美人を狙うということですよ」

岡田は笑顔だった。妙子も思わず笑って、

「刑事さんたら、口がうまいんだから」

「いや、そんなことはありませんよ。僕はセールスマンじゃありませんからね」

妙子が改めてお茶を持ってくると、岡田は一礼して、

「いただきます」

と、一口飲んだ。妙子は、その前に向かい合わせに座った。

「お話って、何ですか?」

「この間の件です。実は七月三日の午後四時半頃なんですけれどもね」

と、岡田は内ポケットから写真を取り出して、

「この人が、お宅の展示館に来ませんでしたか?」

妙子はそれを見ると、ゴクリと唾を飲み込み、改めて岡田の顔を見た。しかし、その口は閉じられている。

「教えてください。この人、来ましたか。あなたはその時、展示館にいたでしょう」

「——いえ」

と、妙子は慌てて首を振り、

「あの日はいませんでした。事務長が出掛けるから、閉館時間を繰り上げると言って、四時に帰っていいって言ったんです。だから私は——」

「ええ。事務長さんも、そう言っておられます。そして、この男は来なかったとも言っているんです。しかし僕は、あなたが何か知っているんじゃないかという気がするんですけれどもね」

それを言うと、妙子はうつむいてしまった。

「正直に言ってくれませんか。これは、殺人事件に関する捜査なんです。この男は殺人事件の被害者で、ご存じかも知れませんが、森原考古学研究所所長の森原威一郎、つまり今、話題の人物です。この男は九州で殺されたということに、今のところはなっていますが、実はそれ以前に、展示館へ入っていくところを見たという有力な証人がいるのですよ。ところがお宅の深谷事務長は、森原さんは来なかったと言っている。顔はよく知っているが、あの日は来なかったと言っているんです。しかし、あなたはどうなのか。それを確かめたいんです」

「どうして私に？」

「同僚の関川さんから聞いたんです」

岡田は言った。

「あなたは確かに、四時前に関川さんと一緒に、あの展示館を出た。しかしそのうち、忘れ物に急に気がついて、取りに戻ったそうですね。その時、何か見ませんでしたか?」

妙子はなおもうつむいていたが、ようやく顔を上げると、

「あの、もしこれを言うと、事務長さんにご迷惑がかかるんでしょうか?」

「そうですね」

岡田は腕組みしながら、

「正直言って、そうなるかも知れません。しかしもう一度言いますが、これは殺人事件に関する捜査なんですよ。人がすでに一人、死んでいるんです。いや、これは連続殺人で、これに関連してもう一人、死者が出ています。二人の尊い人命が失われていることですから、あなたとしては言いにくいかも知れないけれども、ここは正直に本当のことを言ってください。どうだったんですか。この人は来ましたか。あなたはそれを見ていませんか」

岡田が詰め寄ると、妙子はこくりと頷いた。

「見たんですね」

勢い込んで、岡田が言った。

「はい」

「その時の状況を詳しく話してください」

「あの日、私は職員専用の裏口から一度、戻ったんです。自分のデスクの上にうっかり保険証を忘れたので、それをハンドバッグに入れて帰ろうとした時に、玄関のほうで、扉が開く

音がしたんです。あれ、おかしいな、戸締まりしたはずだと思ったんです、その時。事務室のほうへ出て、覗いてみると、確かに閉めたはずのドアが開いていて、森原さんがこちらに入ってくるところでした」

「森原さん？　あなた、森原さん、知っているんですか？」

「ええ。何度か館長さんに会いに来られたことがありますし」

「じゃあ、間違いなく、森原さんだったんですね」

「ええ」

「森原さんは、あなたに気がつきましたか」

「いえ。気づいた様子はありません。そのままホールを突き抜けると、二階に上がっていきましたから」

「二階には、何があるんです？」

「展示室と、それから遺物保管室と、あと事務長の部屋もありますけれども」

「どうですか。森原さんは事務長に会ったと思いますか」

「私は会うんだと思いました。二階へ行くなら、他に用事はないはずですから」

「では、会ったところは見ましたか？」

「いいえ。それは見ていません」

「そうですか」

岡田は、その点が残念だった。深谷が嘘を言っているかどうかは確認できない。しかし少なくとも、峻が嘘を言っていないことは確実だった。やはりあの日、森原威一郎は釈迦堂遺跡展示館を訪れているのだ。同じ時刻に九州、高原市で轢き逃げをしたはずの森原は、確かにその時間、そこから千キロも離れた、この山梨にいたのである。

32

（ちくしょう。あの野郎、とっちめてやる）

高原署の海野は怒りに震えた。やはり冬沢という男は、嘘をついていたのだ。轢き逃げを起こしたのは、森原ではない。

（となると、いったいどういうことになるのかな）

富沢からの電話で事の次第を知らされた時は、怒りに震えたが、海野はすぐに飛び出して、冬沢のところに行こうとして、少し思いなおした。森原威一郎が、あの車に乗っていなかったということは事実かも知れない。しかし、だとしたら、目撃されたナンバーはどうなるのだろう。いや、目撃どころではない。その轢き逃げをしたベンツのナンバーは、ビデオカメラに収められていて、そのナンバーが森原の車であることも間違いないのだ。

（すると偽造ナンバープレートか）

何のためにそんなことをする。考えられるのは、アリバイ工作だろう。実際は、山梨で殺された森原を、この高原市で殺されたように見せかけるために、誰かが芝居を打ったのだ。

問題は、冬沢がそれを知っていたかどうかである。冬沢は確かに写真を見て、運転していたのは森原だと証言した。しかしそれは、嘘をついたのではなく、警察がナンバープレートによって、持主を特定したという事実を知った冬沢が、曖昧《あいまい》な記憶の中からこれだと決めつけてしまったのかも知れない。それだと彼は、主観的には嘘は言っていないことになる。

(どっちなんだ。奴は本当のことを言ったのか。いや、言ったつもりなのか、どうなのか)

海野は交通課の部屋の丸目を訪ねた。

「いよう、どうした? 何か進展があったか?」

丸目は暇を持て余していたのか、海野にさっそく声をかけた。

「大変ですよ、目撃者が現れたんです」

と、海野は事の次第を説明した。丸目は、驚いたように、

「そうか。そういうことだったのか。そう言われてみれば、ちょっとおかしなふしもあったんだな」

「何です、おかしなふしって?」

「いや、写真を見せた時、あいつろくろく見もしないで、こいつが犯人だって、直ちに決めつけたからな」

「そうですか。でもまあ、そういうことはよくあることなんじゃないですか」

「まあ、ないとは言えないが、そうだな。特に交通事故の被害者は、事故直後は特に冷静さ

を失っている場合が多いからな」

「そのことで、ちょっと気になったんですけれどもね。あの轢き逃げの時、ビデオにベンツのナンバープレートが記録されたというのは、偶然だったんでしょうか」

「うん？」

丸目はけげんな顔をした。

「つまりですね、あそこにたまたま、確か町田でしたっけ？ 東京から来た町田というビデオカメラを持った男がいた。その男がいたから、撮影できたわけでしょう。これは偶然だったんですか？」

「つまり君は、町田という男も共犯だと言うのかい？」

「いや、そうじゃありません。しかし町田という男を観察していて、ビデオを確かに使っていることを確認してから、轢き逃げ事件を起こすということも可能じゃないかと思ったんです」

「つまり狂言ということか。わざと狂言をやって、事の次第を町田という男に記録させる」

「ええ。その可能性、ありませんか？」

「うーん、ないとは言えんな。だけど、冬沢は確かに膝《ひざ》の下を打撲していたぞ」

「それはそうですが、あの程度の怪我《けが》ならどうでしょう、こしらえることもできませんかね。例えば金属の棒で思い切り殴るとか」

「うーん。結構、あそこは痛いところだからな。それだけ痛い思いをするとなると、よほど何かあるんじゃないか」

「金はどうですか」

海野は言った。

「金をもらってか。うーん。可能性もないとは言えんな」

丸目はうなずいた。

「そのへん、少し調べてみたらどうだ？」

「ええ。そのほうがいいと思うんです。いきなり、この話をぶつけるという手もありますけどね。どうもあのじいさん、のらりくらりと言い抜けそうだから」

「じゃあ、やってくれ。まず何から調べる？」

「金ですね。預金口座はどうでしょう？」

「いいんじゃないか」

丸目は賛成した。

33

会議室に集まった五人の男女は、テーブルの上に置かれた大型のテレビ画面を見ていた。ビデオが再生されている。それは、コンピュータ・グラフィックスを使った、今度の計画の企画書であった。まず最初に日本列島を上空から写した地図が出た。その日本列島も単なる輪郭だけではなく、山脈や河川が細かく書き込まれた、まるで解剖図のように正確で立体的な画像であった。その画面が動き、九州がクローズアップされた。九州の真ん中あたり、やや有明海に近い部分に光が点滅した。そして、大きなファンファーレと共に、その部分が拡大された。平野に次々と新しいビルが、CGで作られていく。二十一世紀の建物のような、斬新なデザインの巨大ビル群が次々に建ったところで、画面はいったん停止した。

「この中央が国会議事堂になる」

いちばん画面寄りの、分厚い眼鏡をかけた男が言った。

「これは主に政治ブロックだが、経済ブロックのことも、むろん配慮してある。この向こう側に、東京の副都心に勝るとも劣らない、一大盛り場ができる予定だ」

「しかし、政治的な建物は政府の力で移転させられますけれども、民間は無理でしょう。どうやって、この東京の繁栄をそちらに持っていくんですか？」

一同の中で、もっとも若い女性が質問をした。

「それは簡単。ウルトラCがある。まあ切札かな」

と、眼鏡の男が答えた。

「何ですか？」

「経済特区だ。このあたりを一種のタックスヘイブンにして、フリー・マーケット化する。そしてここへ移転してきた企業に関しては、法人税等の優遇措置をする。また別の区画では、個人に対する所得税及び相続税の減免措置を実行する」

「金持ち優遇政策か」

　別の若い男が皮肉っぽく言った。

「そうではない。過疎地に対して、東京のような過密都市と、平等に競争しろというほうがおかしいんだ。過疎地には過疎地なりのハンディを与えなければ。ハンディキャップがあってこそ、まともな競争になるだろう」

「しかし、それは永久に続くんですか」

　もう一人のメンバーが言った。

「いや、そんなことはない」

　眼鏡の男は答えた。

「これはあくまで時限立法だ。首都としての機能がこちらに定着するまで、十年、あるいは五年でもいいかも知れない。その間だけの立法になる」

「それにしても、これが実現したら大変なことになるな。経済的効果は計り知れない」

「計り知れないなんて言ってもらったら困るな。君に、それを計算してもらいたいと思っていたんだ。直ちに、この首都圏移転プロジェクトが持つ経済効果を見積もってくれ。拙速でいい。座長が早く寄越せと矢の催促でね」

「でも、本当に移転プランのほうは、大丈夫なんですか？」

　女性メンバーが言った。

「今のところ、障害はない。あるとすれば、ただ一つ」

眼鏡の男は言った。

「卑弥呼の墓かな」

一同は顔を見合わせた。

34

海野は、同僚の泉と組んで、冬沢に任意同行を求めるべく、その店に急いでいた。冬沢の預金口座には、やはりつい最近多額の振込があった。六月の中頃に三百万。そして、事件から一週間後の七月十日に七百万。合わせて一千万円である。しかもこの振込元については、確定できなかった。東京の銀行だが、調べてみると振込人名義は架空のものだった。やはり冬沢は何かを隠している。この上は任意同行を求めて、本格的に取り調べることだ。

冬沢は、高原市の中央商店街で薬局を経営しており、住まいはその二階にある。一人暮らしで、家族はいない。薬局の前で車を降りると、店のシャッターが下りていた。

「休みですかね」

泉が言った。

「裏へ回ってみよう」

海野は裏口のドアを叩いた。返事はなかったが、叩いた拍子にドアがすっと内側に音もなく開いていった。鍵がかかっていない。海野は中に入って、

「冬沢さん、冬沢さん、いらっしゃいますか」

大声で叫んだが返事はなかった。

「変だな」

「ちょっと入ってみますか」

泉は靴を脱いだ。海野も靴を脱いで中に入ると、廊下のつきあたりが店だが、店のほうは人の気配がなく真っ暗で、廊下を戻ると途中に階段があった。

「冬沢さん、冬沢さん、いますか」

と、海野は階段を上がった。二階は乱雑に散らかっていた。床の上には本やカップラーメンの空《から》容器や、衣類が散乱している。その真ん中に床が敷いてあって、男が寝ていた。

「冬沢さん」

海野はふっと嫌な予感がして、近づいた。案の定、その予感は当たっていた。冬沢は、口を大きく開け、涎《よだれ》を垂らしてこと切れていたのである。

海野は、布団の中の冬沢に近寄って、その額に触れてみた。氷のように冷たかった。

「署に連絡してくれ。鑑識も呼ぶんだ」

と、海野は泉に言った。泉が階段を降りていって部屋に一人残される形になった海野は、冬沢の死に顔をじっと見つめた。

（一千万円貰っても、死んじまったら何もならない）

だが、気前のいい犯人だという気もした。なぜなら、この犯人を冬沢に一千万円を払った人物と同一人物か関係者と考えれば、一千万もの大金を預金口座に入れたまま、それを回収していないのである。これは、よほどの財力がなければできることではない。つまり、それほど重要な秘密があったということになる。

冬沢は死んでしまった。だからこそ、死んでしまえば彼の証言を誰も訂正することはできないのである。彼の言ったことは、訂正できない真実として記録に残ることになる。よほど強力な反証がない限りは。

（それが犯人の狙いか）

海野はポケットから白手袋を出して、両手にはめた。ざっとあたりを見回す。乱雑な部屋だ。いろいろなものが散らばっている。ポルノっぽい表紙の週刊誌、カップラーメンの空容器、汚れた衣類。今どき、学生でもこんな汚い部屋には住んでいない。冬沢には妻も子もいなかった。どうやら天涯孤独の身の上らしいのだ。

彼と犯人は、いや正確に言えば一千万円を出した人物とは、どこで接点があったのだろう。

海野がそれを考えていると、パトカーのサイレンが聞こえ、応援が到着した。

稲垣警部補が最初に現れた。

「よっ、ご苦労さん。とんでもないものを見つけたな」

「ええ。犬も歩けば棒に当たるですよ」

「棒ならいいが、どうもこの事件は厄介になりそうだな」

稲垣のぼやきには、海野も同感だった。何となく、この事件は普通の殺しの域を超えている。

稲垣は跪《ひざまず》いて、死体の表情を観察した。

「絞殺か？」

「ええ、だと思います。首のところに線条痕《せんじょうこん》があるでしょう」

そう言われてみると、確かにそうだった。

「犯人は、ガイシャがこの布団に寝てるところを上から馬乗りになって押さえつけ、何か細い針金のようなもので首を締めたというわけか」

「ええ、たぶんそうでしょう」

そう答えながら、海野はふと、今年は夏休みを、完全に取り損なう形になるのではないかと恐れを抱いた。

35

峻は、愛車のボルボの助手席に真実子を乗せて、都心の道を走っていた。そろそろ日差しがきつく、日中のドライブにはサングラスが必要である。

「もうちょっと冷房がきいてくれるといいんだが」

峻はぼやいた。

「冷房？　これで充分じゃない。これ以上冷やすと、冷え症になっちゃうわよ」

「僕は物足りないんだけど」

「あなたが暑がりなのよ」

「そうかな、北欧の車だから、冷房はあまり重点を置いてないんじゃないか」

「そんなことないでしょう。私は充分だもの」

真実子は外を見ながら、

「ところで、どこへ行くの？」

と聞いた。

車は、赤坂方面から青山のほうへ入っていった。この先は、青山墓地と古い美術館などがある寂しいところである。

「デートのためにと言いたいところだが、そうではない。ちょっと骨董屋《こっとうや》の親父さんに会いたいと思ってね」

「骨董屋？　前、会った人？」

真実子は言った。峻と一緒に連れ立って、そういう人物に会ったことがある。古い美術品のことに、実に詳しい老人だった。

「いや、あの人じゃない。あの人は商売はしてないからな。今日は、売るものを作っている人だ」

「売るものを作る？」

「行けばわかるよ」

峻は車を裏通りの路地の片隅に止めると、その向かいにある煤《すす》けた五階建てのビルに向かった。ビルにはちっちゃな、それこそ古道具屋から持ち出してきたような旧式のエレベーターがあり、そのエレベーターで峻は三階に上がった。

そこを降りると、目の前に何の変哲もないマンションの個室と同じようなドアがあり、そこにプレートがかかっていた。「玄武苑《げんぶえん》」とある。

「何これ？」

峻は構わずブザーを押した。その時、真実子は初めて気がついたのだが、扉の上に古風な覗き窓のようなものがあり、それが内側から開かれ、ギョロリとした二つの目が真実子たちを見据えた。峻はその前に顔を出した。

「僕だよ」

「なんじゃ、あんたか」

声がするとともに、ドアのロックとチェーンが外れる音がして、扉が開いた。二人は中に入った。

真実子は、何か全然別世界に入ったような気持ちがした。玄関の下駄箱の上、あるいは入ってすぐの廊下の両脇、そしてドアを開いてさらに奥に入ると、床や棚や壁のあちこちに古い書画・骨董が置かれている。陶器あり、磁器あり、掛け軸あり。掛け軸も一つや二つではなく、鷹《たか》や虎など鳥獣そして人物画、さらに竹や梅などが描かれたもの。まさに所狭しと、並べられているのである。

その主である老人はひどく姿勢の悪い小男で、頭はツルツルにはげ、白い髭《ひげ》を蓄えていた。目には、それこそ牛乳ビンの底のようなレンズの眼鏡をかけている。

「紹介しよう。贋物《にせもの》づくりの名人の橋本玄武さんだ」

「えっ、贋物づくり?」

真実子は慌ててあたりを見回した。これだけ見事な美術品がなぜ乱雑に置かれているのか、その意味がわかったのである。

「じゃあ、ここにあるのは、すべて贋物?」

それでも、真実子は半信半疑で言った。贋物というには、あまりにも見事なものばかりだったからだ。

「そうだよ」

峻は事もなげに言った。

「このおっさんにかかっちゃ、どんな贋物でもできるのさ」

「おいおい、人聞きの悪いことを言いなさんな」

老人、いや、橋本玄武はにこりともせずに言った。

「複製と言いなさい、複製と」

「確かに、複製と書いてあれば複製だけどね。複製と言わずに売ったら、それは贋物ということになるんだよ」

「あんた、わしに喧嘩《けんか》を吹っ掛けにきたのか。他ならぬあんたのことだから中に入れたけれども、そんなことを言いにきたのなら、お帰りいただこうか」

「いや、待ってくれ」

峻は笑って手を上げて、

「そうじゃないんだ。実は今日は鑑定してもらいにきたのさ。これなんだが」

と、峻は持っていたブリーフケースからビニールケースに入った一枚の写真を取り出した。いや、正確に言えば、それは写真ではなかった。新聞に掲載されたカラー写真を、切り抜いてケースに入れたものである。

「これなんだが、この鏡が贋物である可能性はないだろうか」

峻は言った。

真実子は驚いた。それは新聞のトップに掲載された、あの丹前山古墳から出土したとされる鏡のカラー写真に他ならなかったからである。

橋本玄武は、その峻が差し出した新聞の切り抜きを見て、顔をしかめた。

「あんたも人が悪いな」

「えっ？」

峻は改めて玄武を見た。

「だって、そうじゃないか。こんなもので真贋《しんがん》がわかるはずもない。だいたい、こんな粒子の粗い写真じゃ」

「あっ、これは失礼した。じゃ、これならどう?」

と、峻はブリーフケースから、今度は写真を出した。新聞の切り抜きのような粒子の粗い写真と違って、きちんと焼き付けられた本物のカラー写真である。

「どれどれ」

と、玄武はそれを受け取ると、タンスの引出しから大きなルーペを取り出して、その写真を穴の開くほど眺めた。

「どうだい?」

「あんたもわかっているだろうが」

と、玄武は写真を返しながら、

「写真だけでは何とも言えん。実物を見てみないと、材質その他のことが調べられんからな。だが、少なくとも写真を見るかぎりでは、本物だな」

「本物?」

峻は意外な顔をした。

「間違いないのか?」

「間違いないとは言えん。だが、少なくとも贋物であるような証拠は、どこにもない。これは三世紀の鏡の写真だと言われれば、それを否定する材料はないということだ」

「そうか」

峻は残念そうに舌打ちした。それを見ていた玄武は、肩をそびやかすように、

「言うまでもないが、写真を見たかぎりはということだ。もし、本当に鑑定してもらいたいなら、あんた、現物を持ってきなさい」

「現物ねえ。それができれば、苦労しない」

峻は写真と新聞の切り抜きを仕舞い込むと、

「ありがとう。鑑定料は、いずれお支払いする。何か希望があれば言ってくれ」

「鑑定料？　写真を見ただけで、そんなものはいらん。ただ、あんたにはわしの仕事を少し邪魔しないでくれれば、ありがたいんだがな」

老人は、そう言ってにやりと笑った。

外へ出て車へ乗り込むまで、峻はむっつりと黙り込んでいた。車がスタートして広い道に出た時、真実子は話しかけた。

「あてが外れた？」

「うん、正直言えば、そうだな」

「あの鏡が贋物である可能性が高い、というふうに思ってたのね。どうして？」

「何となくだよ」

「何となく？　でも、あなたのような論理的な人が、何となくというのはおかしいわ。根拠があるんでしょう？」

「根拠？　そんなものはないさ。君も知っているとおり、美術品や骨董の真贋を見抜くきっかけとなるのは、何と言っても直感だからね」

　峻はそう言いながらも、ちらりと真実子のほうを見て、

「でも、根拠と言えば、一つあるかな」

「何、それは？」

　峻は再び前を見て、

「最初の殺人事件で亡くなった田口さん、彼が鏡を持っていたということさ」

「その鏡が贋物だったと言いたいのね」

「そう。丹前山古墳が卑弥呼の墓っていうのは、どうも、あまりにもできすぎているような気がするんだ。あんなところの未発掘の古墳の中から、あんなすごい遺物が出てきて、しかも『魏志倭人伝』に書いてあるとおりの百枚の鏡。この百枚というのも、ぴったりすぎて気に入らないな。第一、百枚じゃなくて、百一枚かもしれないし」

「百一枚、どうして？」

「だって、森原研究所が発表したのは確かに百枚で、それと同じ鏡が殺人現場から持ち去られているんだから、どう考えたって、百たす一は百一になる。ただし、この数式は別の解釈もできるんだけど」

「別の解釈って、例えば九十九たす一っていうこと？」

「そのとおりだよ」

峻は笑って、

「つまり、今度の殺人の動機は、百枚あった鏡を田口が一枚持ち出したことが原因じゃないか。それを取り返すことが目的だったんじゃないか、と思われるんだよな。しかし、なぜたった一枚の鏡にそんなにこだわったのか」

「そこで、その鏡が贋物じゃないかという推理が出てきたわけね」

「そのとおり」

「だけど、あの人、何ていったかしら」

「橋本玄武」

「ああ、そうね。その玄武さんは、本物だって言ったじゃない。あなたはそれを信じないの？」

「あの男の鑑識眼は、僕も信頼しているよ。ただし、現物を見たわけじゃないからな。彼も現物を見なければわからんと言っていた。あれは正式には本物と言ったんじゃなくて、贋物と断定する証拠がないと言っただけで、現物を見れば、また判断が変わることもありうる」

「現物を見れば、どう判断が変わるのかしら」

「いちばん根本的なのは、材質だよね」

「材質？」

「そう。もし、何百年もたっている鏡なら、今なら科学的な方法で鑑定できる。精密な分析機で、例えば鏡なら銅の成分を調べ、時代どころか産地がどのあたりかということまで確定できる。同じ銅と言っても、中国大陸でできた銅、朝鮮半島でできた銅、日本でできた銅は、全部材質が微妙に違っている。そういうことも含めれば、わかるはずなんだ」

「でも、現物を手に入れることは、到底不可能でしょう」

「いや、そんなこともないな。われわれには不可能だが、考古学の研究者が鏡のサンプルを少しくれと言ったら、どうだろうか。ちょっとした錆《さび》のような部分でいいんだ。それにサンプルと言っても、鏡をケーキのように切るわけじゃない。ほんのちょっと銅粉を取らせてくれればいいわけだから、それで何とかなると思うんだ」

「でも、そんなことより、もっと根本的な疑問があるんだけれども」

真実子は不思議そうに言った。

「何だい？」

「仮にその鏡が贋物だったとして、どうしてそんなことをするのかしら？」

「それがわかれば、事件の謎も解けるんじゃないかな」

峻は頷きながら言った。

その日の高原市は、朝から大変な騒ぎだった。いよいよ丹前山古墳の石棺の中身が、ファイバー・スコープによって調査されることになったのである。丹前山古墳の前に建てられたプレハブの発掘事務所には、パイプ椅子で何十もの席が設けられ、その中心にモニターテレビが置かれ、全国から集まった考古学界のお歴々がその席に着いた。研究所員が石室の中に入り、そこに安置されている家形石棺にドリルで穴を開け、それからファイバー・スコープ・カメラを通して中を撮影し、それをこの上のモニターテレビで見るのである。

報道陣は、その考古学者たちの後ろに陣取り、テレビカメラも何台か入っていた。そして、外には入り切らない報道陣や野次馬やテレビの中継車や新聞社の車などが並び、一夜にしてここに新しい街ができたほどの賑わいを見せていた。

邪馬台国《やまたいこく》九州論者として有名な御所院大学の小室《こむろ》教授も、慌てて駆けつけた一人だった。

小室教授は、入口のところで新聞記者に取り囲まれた。

「先生、今日のファイバー・スコープ撮影に、どんな期待を持っておられます？」

「さあ、そう言われてもね」

と、教授は独特の関西訛《なまり》で首を傾げると、

「現物を見てみんことには、何とも言えん。考古学というのは、物を見て決める学問やからね。まあ、お話はまず現物を見てからということにしましょうや」

小室は内心うんざりしていた。まだ中の物が何も撮影されていないのに、こんな大騒ぎをするなどは馬鹿馬鹿しい。とにかく、中を見てみたら、何もなかったということだって充分にありうるのだ。一応、この丹前山古墳は盗掘跡がないとされているが、それにしたって、石棺の中に本当に貴重な遺物があるかどうかは保証のかぎりではない。何しろ千年以上の時が経っているのだ。

ようやく報道陣から解放された小室に、記者が一人近づいた。

「先生」

そう呼ばれて小室が振り返ってみると、それはかねてから親しくしている梅木という学芸部の記者だった。この記者には、小室も笑みを返した。

「やあ、君か。ご苦労さんだね」

「先生こそ、ご苦労さまです。先生、本当はどう思っておられるんです？」

と、梅木は近づくと、あたりを見回して、小声で囁《ささや》くように言った。小室は苦笑して、

「だめ、だめ。まだ物を見ていないんだから。君だって、昨日や今日の素人じゃないから、それぐらいはわかるだろう。まず、物を見てから。それが考古学の基本だよ」

「そんなことはわかっています。僕が聞きたいのは、先生の直感なんです。どう思われますか、この丹前山古墳。というより、今度の騒ぎを」

「うむ――」

そう言われると、小室はちょっと言葉に窮《きゅう》した。

「先生、じゃあオフレコでもいいですよ。とにかく、先生のお考えが聞きたいんです。勘と

しては、どうなんでしょうか」

「勘としては、か。君もおもしろいことを言うね。まあ、勘としては、何となく変だなという気はするな」

「変というのは、家形石棺ですか」

梅木は言った。

卑弥呼の時代と言えば、三世紀の中頃である。その三世紀の中頃に、九州にこんな家形石棺があるというのは、今までの考古学の常識ではあまり考えられないことなのだ。

「いや、それもあるけどね。あえて言えば、何となく、と言ったところかな」

「何となく、やはり変ですか」

「うん。まあ、あんまりそう追い詰めるなよ。棺の中身を見たら、考えが変わるかもしれないんだから」

「それはそうですね。失礼しました」

梅木は引き下がった。

小室は中に入り、全国各地から集まった考古学研究者たちと挨拶《あいさつ》を交わした。まるで、学会がここに移動してきたようだ。先輩もいれば、小室の論敵と言えるような人間もいる。邪馬台国九州説というのは、考古学界ではむしろ少数派である。遺物の質・量から見ても、やはり邪馬台国は畿内、つまり今の京都・奈良付近にあったと考えるのが妥当だという説が根強い。

「お待たせいたしました。では、これよりファイバー・スコープを棺内に挿入いたします」

ハンドマイクを持った森原考古学研究所の所員が言った。ベテランの所員が石室内に入り、ファイバー・スコープを操作する作業を進めている。そのファイバー・スコープのビデオカメラと、こちらのモニターがケーブルでつながれて、リアルタイムで棺の中が覗けるようになっている。

「それでは、開始します」

小室は息を飲んで、その画像を見つめた。ファイバー・スコープは、狭い穴の中をスルスルとくぐり抜け、棺の中に入った。最初に見えたのは、何か白いぼんやりとした骨のようなものであった。いや、ピントが合うに従って、それは確かに人骨のようなものだとわかった。

そこで、最初のどよめきが上がった。

そして、カメラが少しずつ左右に移動しはじめると、何かはよくわからないが、まるで虹色に輝くものが見えた。

(何だろう?)

小室はそれを凝視した。何かはわからないが、おそらく貴金属でできた遺物の破片ではないだろうか。

そして、スコープがさらに移動した時、今度は全員が大きな驚きの声を上げた。中には、立ち上がった者すらいる。カメラを通してモニターに映し出されているのは、小さな金の塊であった。ピントが合うに従って、正確な正方形であり、そしてその上には規則的な凹凸があることがわかった。

（文字だ）

　小室は直感した。その文字は、普通とは逆になっている。つまり、これは印鑑にするための陰刻《いんこく》である。

（まさか、これは？）

　小室も立ち上がって、そのモニターに額を寄せるほど見てみたいという欲求に駆られた。その文字は、「親魏《しんぎ》倭王《わおう》」と読めたのである。

37

「こんなことがあるのか」

　御所院大学の小室教授は、思わず叫んだ。

　親魏倭王とは、卑弥呼が当時の中国を支配していた魏王朝の皇帝から貰ったとされる称号なのである。貢ぎ物を捧げた遣《つか》いを送った卑弥呼に対して、中原の支配者である皇帝はその忠節を賞し、魏に近しい倭の国の王という意味で親魏倭王という称号を与えた。その際に、ちょうど九州志賀島《しかのしま》で発見された漢委奴国王印《かんのわのなのこくおういん》のようなものを授かったのではないか、ということが昔から言われてきた。

親魏倭王という称号を貰い、金印紫綬《きんいんしじゅ》（金の印とそのつまみに付いた紫の紐《ひも》）を貰ったということは、『魏志倭人伝』に明記してあるのである。『魏志倭人伝』には絹織物、毛織物、そして絹布、金、刀など、卑弥呼が魏の皇帝曹芳《そうほう》から受けた贈り物が列挙してあるが、その中に銅鏡百枚などとともに真っ先に書かれているのが、この金印紫綬なのである。その印文が「親魏倭王」であることは、ほぼ疑いがない。だから、それは当然、卑弥呼の墓に納められているであろうし、それが見つかれば、邪馬台国の場所は特定できる。少なくとも、極めて大きな手掛かりが得られるということは、考古学者にとって常識である。

しかし、そんなものが見つかるはずがないという思いも、また常識と言えた。金印の大きさは志賀島の金印から推定するに、漢尺の一寸四方に相当する。つまり一辺二・三センチである。二・三センチ平方しかない、しかも純金の遺物がずっと後まで保存されるということが考えられるであろうか。もし、邪馬台国に騒乱でもあった場合、その金印は叩きつぶされ、あるいは鋳潰《ちゆうかい》されて、単なる地金としてどこかへ売られてしまったことすら考えられるのである。

ただし、唯一の可能性は、それが死者の重要な遺品として、卑弥呼の墓に埋葬されているケースである。それならば、今見つかっても不思議はない。しかし、それが現実に目の前に出てくるということになると、話はまったく別である。

あたりは大変な騒ぎになっていた。興奮のあまり茫然《ぼうぜん》自失する者、やたらわめきたてる者、押し黙ってじっと画面を見つめる者。まさに、世紀の大発見という言葉にふさわしい事件なのだ。

(ただ、本当にそれでいいのだろうか)

小室はあえて騒ぎに身を委《ゆだ》ねることなく、もう一度、冷静に自問自答した。

38

「目撃者が出ました」

海野は勢い込んで報告した。

その日、捜査から戻ってきて全員が揃《そろ》うのを待っていた刑事部屋のメンバーが、一斉に海野のほうを注目した。

「どんな奴だ?」

皆を代表して稲垣がたずねた。

「女子高生です。ちょうど、冬沢の死亡推定時刻の頃に、現場の薬屋の裏口から、怪しい若い男が出たのを見たと言ってます」

「女子高生?　夜遊びでもしていたのか」

稲垣は苦笑して言った。

解剖報告では死亡推定時刻は午前二時頃である。

「そんなんじゃありませんよ」

海野はまじめな顔で、

「母親が急に熱を出したので、薬や冷却剤を買いに行ったんです。でも、シャッターをいくら叩いても返事がないので、あきらめて帰る途中、裏口の方を通ったら、そこから若い男が出てきたのを見たそうです」

「へえ、そいつは危機一髪だったな」

稲垣の表情が一転した。

そういう事情なら、場合によってはその女子高生も殺されていたケースも考えられるのである。

「そうなんです」

海野はうなずいた。

「いまどき珍しい親孝行な娘じゃないか。そんなことで殺されちゃかわいそうだ。――ところで、犯人の顔は見たのか？」

「見たそうです。ただしサングラスをかけていたそうですが。今、似顔絵を作ってます」

捜査会議は「似顔絵待ち」といった感じになった。

「女子高生の名前は、田宮みゆき、十六歳、高原市立高原高校の二年生です。住所は市内――」

海野は警察手帳を見ながら、会議の席上で報告した。

捜査本部には、県警からも大勢の応援が来ている。こういう時はどうしても、県警の刑事と張り合う気持ちになるものだが、海野はここで一本取った形になった。

似顔絵は間もなく出来上がり、コピーが全員に配られた。

メタルフレームのサングラスをかけた、痩《や》せぎすの男である。若いといっても、二十代ではなく三十代前半というところだろうか。

「服装はどうだったんだ？」

本部長の質問に、海野は、

「オートバイに乗るような格好で、ヘルメットを片手に持っていたそうです」

「バイクはあったのか？」

「いえ、男は走り去ったそうです」

「——その時に、届け出てくれればよかったのにな」

「まさか殺人犯だとは思わなかったようです。別に凶器を持っていたわけではありませんしね」

海野は答えた。

結局、その似顔絵をもとに、さらに聞き込みが続けられることになり、東京の警視庁にも同じものが送られた。

たまたま警視庁の富沢警部のところへ来ていた峻は、その似顔絵を一目見るなり叫んだ。

「こいつは、警部、あの男ですよ」

「あの男？」

富沢はけげんな顔をした。

「中央高速で、森原所長がいなくなった後、彼が乗ってきた車を運転していった男ですよ、こいつ」

「何だって」

富沢は思わず大声を出した。

39

その日、文化庁長官の寺尾慎五は出勤すると、机の上の未決箱の中から決裁を要する書類を取り出し、いちいち目を通していた。それが彼の日課でもあった。そのほとんどは、部下たちによって既に大筋の段取りがつけられているものばかりであったが、中にひとつ、緊急というハンコが押された陳情書があるのに寺尾は気がついた。それは、文化庁長官宛に佐賀県考古学研究会というところから出された「丹前山古墳及び周辺地域の保存に関する要望」というものであった。もちろん、寺尾は文化庁の人間として丹前山古墳には深い関心を抱いている。

書類を取り出して、ざっと目を通した。それには次のように書かれていた。

「佐賀県高原市丹前山古墳は現在発掘中ですが、三世紀にあった邪馬台国の卑弥呼の墓ではないかという推定がなされており、この推定は遺物等の確認から見ても、かなり妥当な結論であると考えられます。この日本史上最大級、最重要の遺跡とも言うべき丹前山古墳及びその周辺は、現在大手不動産業者ディベロッパーによる開発が検討されておりますが、丹前山古墳が卑弥呼の墓であると仮定すれば、周辺は邪馬台国の貴重な遺跡である可能性が強く、邪馬台国よりも二百年も前の遺跡である同県吉野ヶ里《よしのがり》に匹敵するか、あるいはそれ以上の住居跡等の遺構が出土する可能性すら考えられます。このような状況に鑑《かんが》み、丹前山古墳及びその周辺を遺跡として整備・保存することは、日本国民としての後世の子孫に対する義務であるとすら考えられるのであります。とりあえず、その目的を果たすために、丹前山古墳及びその周辺を国の指定史跡となし、当該地区の保全に万全を期すべく、早急なる指定を要望するものであります」

要望書には、付近の二万五千分の一の地形図が含まれていた。それによると、指定が望まれているのは高原市郊外のほぼ大部分である。郊外と言っても、高原市は面積だけは相当広く、ほとんど開発されていない西部の田園地帯の数千ヘクタールが、その史跡に指定されているのである。

(丹前山古墳か)

寺尾は、その要望書の内容は至極当然だと思った。おそらくこれを書いた時点では、まだ金印のことは想定されていなかっただろうが、金印もその存在を確認された今、遺跡の重要度はさらに増したと言える。日本最大、最重要の遺跡と言っても、過言ではない。また、その古墳の周辺に邪馬台国の遺跡が想定されるということも、決して突飛《とっぴ》な話ではない。いや、むしろ当然の推論であろう。

これは問題ないな、と寺尾は思った。吉野ヶ里の発掘の時も、本来はあそこに工業団地ができる予定だったが、大規模な遺跡が発掘されたので、その件は沙汰止《さたや》みとなったのである。青森県の三内丸山《さんないまるやま》遺跡もそうだ。これは縄文時代の遺跡だが、そもそも誰もあんなところにあれほど巨大な遺跡があるとは夢にも思っていなかった。それが偶然のきっかけで発見され、結局、あそこに建設されていた野球グラウンドは完全に撤去されることになった。

貴重な文化遺産は数百年、三内丸山のようなものだったら約二千年にわたって存在してきたものだ。それを、たかだかここ十年、二十年の都合で破壊するわけにはいかないのである。

(ま、これは当然だな。いずれ、要望に応《こた》えることができるだろう)

寺尾がその書類を置いて、その下に付けられていた付箋《ふせん》に、自分がこれを見たということを承認するハンコを押して既決の箱に入れ、別の書類に目を通そうとした時だった。電話が鳴った。寺尾は受話器を取った。

――長官、北方先生の秘書の佐々木さんという方からお電話なのですが。

――はい、北方? 衆議院の北方さんか。

――そうなんですが、おつなぎしますか。

――ああ、つないでくれ。

寺尾は言った。

（いったい、何の用だろう）

それがちょっと引っかかった。佐々木秘書には一、二度会ったことがあるが、あの押しの強い北方にふさわしい嫌味な男である。そう言えば、これまでも何度か開発と遺跡保存の問題で、長官になる前にも北方とは衝突したことがあった。北方はまさに典型的な土建屋政治家で、古墳などは過去の遺物で、現在こそすべてだ、必要ならブルドーザーで削り取ってしまえという考え方の持主なのである。

――ご無沙汰しております。佐々木です。お元気ですか。

普段のイメージとは違う、愛想のよい声が聞こえた。

――寺尾です。何かご用でしょうか。

寺尾はかえって警戒心を強めて言った。

――いやぁ、実は、あの丹前山古墳のことなんですがね。

――丹前山古墳。

――もちろん、ご存じでしょう。

――ええ、知っています。今もそれの関係の要望書を見ていたところで。

――そうですか。それなら話は早い。要するに、あの丹前山古墳周辺に関して、当然、国の指定史跡にするかどうかという話が持ち上がっているでしょうね。

――ええ、それはそうですが。

寺尾は相手の真意が摑《つか》めず、緊張した。いや、正確に言えば、嫌な予感がした。そして、その予感は当たっていた。佐々木はこう言ったのである。

――これは北方の意志として聞いていただきたいのですが、あのあたりの史跡指定については、少し考えていただきたいと思いましてね。

――考える？　考えるというのは、いったいどういうことですか。

寺尾は思わず声を荒らげた。

佐々木秘書は、冷静な態度で続けた。

――意味はおわかりと思いますが。

――わかりませんね。

寺尾はわかってはいたが、あえて憤然として言った。

――つまり、国の史跡として指定するのを、しばらく待ってほしいということですよ。少なくとも来年の夏まではね。

――来年の夏？　来年の夏にいったい何があるとおっしゃるんです？

――ま、そのへんはあのあたりの状況をご存じならば、いずれわかることだと思いますが。

と、佐々木は言葉を濁した。

(何か、大規模な開発計画があるんだな)

寺尾は直感した。水面下で進められている首都移転計画のことは知らなかったが、北方がこういうことを言ってくるのは、それ以外に考えられない。

──何かあのあたりで、大規模なプロジェクトをお始めになろうというのですか。

──申し訳ないが、その件については、まだ言えないのですよ。ただ、お含みおきくださいという言葉しかね。

──それは、いくら何でも無理ですよ。

寺尾は、再び憤然として言った。

──なぜです？

──それはですね、あの遺跡というものは、日本考古学史上最重要とも言えるものなんですよ。第一、あれだけ評判になってしまった以上、われわれが変な動きを見せたら、マスコミが承知しません。国民が承知しませんよ。総理だって、そのことはわかっているはずです。

──わかりました。

と、佐々木は言った。

──とにかく、今日はここまでにしておきましょう。ま、いずれお目にかかる機会もあるでしょうから。

──この件については、進展は期待できないと思いますがね。

寺尾は吐き捨てるように言った。電話はがちゃりと切れた。

(何を考えているんだ、あの男は)

寺尾は叩きつけるように受話器を置いた。

「やはり、逆らったか」

電話を置いた佐々木秘書の横で、バスローブ一枚でソファに寄り掛かっている男が言った。北方代議士である。

「はい、なかなか強情で。それに、世論が承知しないと申しますので」

スーツにネクタイ姿の佐々木は、恐懼《きょうく》して頭を下げた。こういう時は北方は機嫌が悪く、怒鳴り散らすこともあるからだ。

「まあ、いい。何とかする」

北方はテーブルの上に置いてある箱から葉巻を取り出すと、口を食い破って火をつけた。そして、気持ちよさそうに煙を吸い込み、フーッと天井に向かって吐いた。

「あの古墳は仕方がなかろう。あれを潰してしまっては、世論の反発が大きすぎる。しかし、その周辺部なら問題ないはずだ。いや、そうせねばならん。第一、あれがあることは必ずしもマイナスではない」

「どうしてですか？」

佐々木は驚いて聞いた。

「なあに、人寄せパンダとして使えるということさ。日本人は好奇心が強いからな。あの一画だけを史跡公園として、新首都の目玉とすればよい。そうだ、『日本発祥の地に新首都』というキャッチフレーズはどうだ。なかなかいけるだろう」

「そうですね」

佐々木は追従《ついしょう》笑《わら》いを浮かべて、再び頭を下げた。

40

警視庁の捜査線上に、一人の男が浮かんだ。

「この男なんですが――」

と、富沢警部はデスクの上に一枚の写真を置いた。峻はそれを受け取った。

「この男です。たぶん間違いないと思います」

峻は言った。それは、マンションから出てくる男を望遠レンズで隠し撮りしたものだった。ピントはややぼけているが、顔は明確に判別できる。

「でも、サングラスをかけていたんだろう？」

「ええ、そうです。だから、たぶんと言いました。でも、ほぼ間違いないと思うのは、この顔の輪郭や体つきの感じが非常によく似ているんです。――この男は、いったい誰ですか」

デスクに座っていた富沢は、ちらりと横に立っている岡田刑事のほうを見た。岡田は頷いて、

「アクション俳優の春日《かすが》司郎という男です」

「春日司郎？　聞いたことないな。君、知っているかい？」

と、峻は傍《かたわ》らの真実子に聞いた。峻が警視庁で写真を見るというので、真実子も強引にく

っついてきたのである。

「春日司郎ね。あっ、ビデオか何かで中心に活躍している人じゃない？」

「ビデオ？」

「そう。レンタルビデオによくあるやつよ」

「ああ、あれか」

「よくご存じですね」

岡田は頷いて、

「そうなんです。本名は淵田勤《ふちだつとむ》というのですが、最初は香港映画で活躍して、その後、日本に戻ってきて、B級アクションの主役をやっている俳優なんですがね」

「それにしても、どこからこの男の情報を掴んだんです？」

峻は、岡田に聞いた。

「いや、それは偶然なんですよ。ご存じのように、大物の政治家にはSPがついているんですが、ときどき、周辺に不審人物が現れると、身分を調べることがあります。テロリストや暗殺者であったら大変ですからね。ところが、この男は最近ちょくちょく北方の立回り先に現れるんですよ」

「北方というと、あの北方与市代議士ですか」

「そうなんです。そこで身元を調べたところ、春日だということがわかったんですがね」

「で、たとえば犯行当日と言っていいのかどうかわからないけれども、森原が行方不明になった頃のアリバイは？」

「それは、まだ聞いていません。あなたに確認をとってからと思ったので。ただ、周辺の調べでは、毎日会社に来ているような人間じゃありませんから、その間はどうもスケジュールが把握できていないみたいですね。事務所の話ではね」

峻はしばらく考えて、

「もし、この男が実行犯だとしても、問題はその黒幕に誰がいるかということですよね。それは見当がついているんですか」

「まだ、そこまではいっていない」

富沢が答えた。

「ただし、春日の所属している共映グループは、いろんな政治家との噂のあるところだからな。そこのところを洗っていけば、何とか見当がつくかもしれない」

「しかし、どうも僕はよくわからないな」

峻はぼやきともつかぬ口調で言った。

「何が？」

「もし、この男が森原を殺し、なおかつ冬沢も殺したとしますね。なぜ、二人とも殺す必要があるんでしょう？」

富沢は笑って、

「こいつは、君のお言葉とは思えないな。もし、こいつが犯人なら話は簡単じゃないか。まず、彼は森原を殺した。そして、その犯行現場を偽装するために、実際には山梨県周辺で行われた犯行を、佐賀県で行われたように工作した。その工作に使われたのが冬沢だ。ところが、その冬沢の使った工作がばれそうになったんで、殺して口をふさいだ。となれば、二つの殺人事件はきちんとつながるじゃないか」

「それはそうなんですけどね。そうすると、もう一つわからなくなるのが、いちばん最初に起こった殺人ですよ」

「最初？　ああ、田口が殺された一件か」

「そうなんですよ。そもそも田口さんが殺されたことと森原所長および冬沢殺しはつながるかということなんですがね」

「なるほど。その関連性か」

「ええ。僕はいまひとつ、森原の殺された理由が納得いかないんですよ。なぜ、殺される必要があったのか」

「ということは、田口の殺された理由については納得がいくのかね。それなら、ぜひ聞きたいものだね」

富沢は膝《ひざ》を乗り出した。

「いや、それについてもはっきりとしているわけではないですよ。ただ、一つ言えるのは、鏡です。丹前山古墳から出土したとされる百枚の鏡。その鏡にからんで、おそらくはそれを持ち出したことによって田口は殺された——」

「すると、殺したのは鏡を取られた側ということになるが」

「そうなんです。そうすると、森原と田口は対立する関係にあったことになる。はっきりしたことは言えないにしても、森原側はどちらかと言えば、田口に対して危害を加える側にあったと考えられる。それが殺されてしまったんです。なぜでしょう」

「うーん、そう言われるとな」

富沢は腕を組んで、岡田を見た。岡田も首を振った。富沢は改めて峻の目を見て、

「君は鏡について、何か隠していることはないかい？」

「えっ、隠していることって言うと？」

峻はちょっとどぎまぎして言った。

「何か君は鏡について、われわれに隠していることはないかと聞いているんだがね」

「いや、隠してはいません。何かわかっていれば、正直に言いますよ」

「あの鏡は本物なのかい？」

なおもしつこく、富沢は聞いた。

「本物です。いや、正確に言えば、今のところ贋物《にせもの》と断定する材料は出ていないということです。何しろ、現物すら見てないんですから」

「贋物と断定する材料が出ていないか。しかし、贋物の可能性は非常に高いというふうに思っているわけかね？」

「そんなことは言ってませんよ」

峻は慌てて否定した。

41

「あの地は、われわれの聖地です」

館の女主人は言った。

「何があっても、開発は防がねばなりません。それなのに、あなたたちはいったい何をしているんです？」

「申し訳ありません」

ダブルのスーツをきっちりと着こなした髪の長い男が、頭を下げていた。テレビを見ている人間なら、一度は見たことがある人気の若手政治家であった。今、当選回数わずか三回ながら、大臣も務めている。今日は、さらに上のクラスの政治家から命ぜられて、代理としてこの館にやってきたのだった。

「申し訳ございません。いろいろと手を打っておるのではございますが、なかなかうまくいきませんで――」

「うまくいかないなどという言葉は聞きたくありませんね。戻って、皆さまにお伝えなさい。このようなことでは、われらとあなた方の関係もこれまでだと」

男はびっくりしたように顔を上げ、

「それは困ります。そのようなことは、絶対におっしゃらないでください」

「いつから、あなたは私に命令する立場になったのですか」

女主人は男を睨《にら》みつけて言った。男は慌てて、その場に土下座した。

「申し訳ございません。言葉が過ぎました」

「まあ、いい」

女主人は冷やかにその姿を見つめて、

「われわれには祖霊の加護があります。きっと、今度のことはうまくいくでしょう。それから、総理にお伝えください。今、お考えのプロジェクトは吉と出ていると」

男ははっと顔を上げた。

「ありがとうございます。感謝いたします」

男は額《ひたい》を床に擦《す》り付けるようにして、ほうほうの体《てい》で退室した。

「内藤」

男が行ってしまうと、女主人は執事を呼びつけた。

「はい、何でございましょう、お嬢さま」

「塩を撒《ま》いておきなさい、このあたりに」

そう言って、女主人はロングドレスの裾を翻《ひるがえ》して、奥の間に消えた。

42

富沢警部はその日の午後、岡田を連れて、自ら聞き込みに出掛けた。春日司郎こと淵田勤の話を聞くためである。

淵田は、ちょうどトレーニングのために都内のジムにいた。富沢が来意を告げると、淵田はダンベルを置いて、トレーニングスタイルのまま、二人の前にやってきた。白いランニングとスエットパンツ、全身は浅黒く、いかにも筋肉隆々といった体型をしている。その割には童顔で、特に大きな目が印象的である。

淵田は二人の前に現れると、流れる汗を首からかけていたバスタオルで拭った。

「刑事さんが僕に何の用です？」

突き放すでもなく、かと言って親しみを込めた口調でもなく、淵田は言った。

「まずうかがいたいのは、七月三日の午後四時頃から夜にかけて、どちらにおられたかということなんですが」

岡田が警察手帳のページを開いて、代わりに質問した。

「七月三日？」

そう言って、淵田は頭を掻《か》くと、

「突然そんなことを言われてもわかんないな。もう一月以上も前のことじゃないですか」

「ええ、それはわかっています。しかし、ぜひご協力願いたいのですが」

「わかりました。ちょっと待ってください」

淵田はロッカールームのほうへ行くと、ロッカーの鍵を開けて大きなスポーツバッグから手帳を取り出して戻ってきた。

「そうですね、七月三日というと、ロケやっていましたね」

「ロケ。何のロケですか」

岡田は長い上背を伸ばして、その手帳を覗き込むようにした。淵田はそれを隠そうともせず、むしろ岡田のほうによく見えるようにかざすと、

「ここに書いてありますけれども、共映のビデオ映画の『ケンに生きる』っていう作品です。『ケン』は刀の『剣』じゃなくて、中国拳法の『拳《けん》』ですけれどね」

「つまり、拳《こぶし》ですか」

と、岡田はそれをメモしながら、

「そのロケの真っ最中だったんですか」

「ええ、そうです」

「ロケ地はどこですか」

「ロケ地？　ああ、あれは確か長野県でしたね。長野県の別荘地だったかな」

「長野県。どのあたりですか」

「ちょっと待ってくださいね」

と、淵田はページをめくっていたが、

「ああ、思い出した。確か野辺山《のべやま》高原というところでしたよ」

「野辺山？」

岡田は、富沢のほうを見た。確かに野辺山は長野県だが、山梨県のすぐ隣である。高速道路もあるし、移動は決して難しくない。

「ロケと言うからには、もちろんスタッフの方がたくさんおられたんでしょうね」

「いえ、たくさんとは言えませんよ」

と、淵田は笑った。

「何しろ、ビデオ映画っていうのは低予算ですからね。監督に助手が一人、あとカメラマン、照明さん、音声さん、そしてメイクが付くか付かないかというぐらいのもんで、本当に小型のミニバンで全員移動できるぐらいのスタッフですからね」

「そうなんですか。で、あなたはその時、どういうシーンを撮られたんですか」

富沢が聞いた。

「その時は確か、山の中で一人籠《こ》もって、敵を打倒するための必殺技を開発するというシーンでした。だから、役者は僕だけで、あと本当はこういう時は映画の撮影だったらトレーナーとか医者なんかが付くんだけど、まあ、ビデオ映画じゃしょうがないですかね。本当にAV並みの低予算でやっているんだから」

「わかりました。その監督さんたち、スタッフの名前を教えていただけますか」

「ええ、いいですよ。監督はイシイシンイチロウといいます」

「どんな字です?」

岡田がメモするために聞いた。

「イシイは普通の石井。そして、シンイチロウは進むという字に横一、普通の郎です」

「わかりました。この方の連絡先は?」

それに答えて、淵田は電話番号を言った。

「でも今、日本にはいないと思いますよ」

「どうしてですか」

「この間、長期の海外ロケに行くって言っていましたから。今は香港か、あるいはバンコクか、そのへんにいるんじゃないですか」

「連絡はとれますよね」

岡田が言った。

「さあ、どうでしょう」

淵田は馬鹿にするような笑いを浮かべ、

「僕たちは普通の人種とは違いますからね。まあ、いい加減な人間ですよ。海外へ行くなら行くで、何日も連絡がなかったり、ホテルも次々に変わったりね、まあ、連絡とれるといいですね。秋には帰るとは言っていましたが」

「わかりました。どうもありがとうございます」

「それだけでいいんですか」

「ええ、とりあえずは」

富沢が答えた。

「アリバイを聞かれるということは、何か疑われているのかなあ。七月三日の午後っていうと、どんな事件でしたっけ?」

「それは、ちょっと捜査上の秘密で申し上げられませんな」

富沢は立ち上がって、岡田を促して外に出た。

「どう思う?」

道路に出てしまってから、富沢は岡田に聞いた。

「何となく、臭いですね」

岡田は答えた。

「そう思うか」

富沢も頷いて、

「どうも、答え方がちょっと違う。何か隠しているような気がする」

「とりあえず、どうしましょう」

「その監督を当たってみよう。まず電話してくれないか」

「わかりました」

岡田は近くで公衆電話を見つけると、先ほど聞いた番号に電話をかけた。電話は二十回ぐらい鳴らしたが、誰も出てこなかった。留守番電話にもなっていない。

「どうやら、いないようです。どうしましょうか」

「とりあえず行ってみよう」

それは、新宿のいちばん外れにある雑居ビルの中のマンションの一室であった。表札の代わりに「ISプロダクション」という看板がかかっている。インターホンを押したが、返事はなかった。

二人は一階に下りると、管理人に石井のことを聞いた。

「ああ、あの監督さんね。確か海外ロケに行くって言っていましたよ」

「いつ頃お戻りになるか、わかりますか」

「それが聞いてないんですよね。二、三カ月はかかるとか言っていましたけれども」

人のよさそうな管理人は、警察手帳を見てますます眼を細めると、そう答えた。

「連絡先、わかりますか」

「いや、それが聞いてないんですよ。いちいち聞くもんでもありませんしね」

「じゃあ、例えばご親戚の方とかご家族の方とか」

「いや、石井さんは独身ですから、いませんよ」

富沢は舌打ちして、

「じゃあ、比較的よく来る郵便なんかで、親しいと思われるような方や、あるいは関係のある会社とか、そういったところはありませんか」

「そうですね。あっ、そうだ。こんな手紙が来てましたよ」

管理人は部屋の奥に入ると、引出しから一通の封書を持ってきて、富沢に差し出した。

「これは?」

「いや、内容証明でね。ご本人がいないんで、私が代理で受け取ったんですよ」

富沢はその手紙を見た。中身を見たいのはやまやまだが、勝手に人の親書を見るわけにはいかない。ただ、それは事務用封筒で下に会社の名前が書いてあったので、富沢は岡田に命じてそこに電話させた。

43

「それは、借金の督促状だったんだよ、結局」

富沢は峻に言った。峻は翌日、もう一度警視庁に立ち寄ったのである。

「借金ですか」

「うん、まあ正確に言えば売掛代金だがな。要するにその会社はテレビの機材を売る会社で、そのＩＳプロダクションに機材を売ったんだが、代金をちっとも払ってくれない。そこで、督促状を出したということだよ」

「なるほど、そういうことだったんですか。で、その監督、石井ですか、行き先はわかったんですか」

「ああ、何とかつかんだ。タイの山奥で、キックボクサーなんかを使って撮影していたよ。さっき、現地からファックスで、こちらの質問に対する回答が届いた。これだ」

富沢は、ファックス用紙を峻に渡した。峻がそれを受け取ってみると、そこには次のように書かれていた。

〝お尋ねの件、確かに七月三日当日、現地でビデオ映画『拳に生きる』の撮影のために、俳優春日司郎（本名・淵田勤氏）と撮影をしておりました。時間は午後三時より、夕刻五時まで。この件については、他に証人もおります。詳しくは、いずれ帰国した際に。タイにて、石井進一郎〟

「なるほどね、そういうことなんですか」

「まあ、しかし、あそこは場所的には現場と非常に近いからな。車で行けば、一時間かかるんだろう」

「そんなもんなんですか、山梨県と長野県でも」

「そうなんだ。だから、こういうことじゃないかな。つまり、奴はあそこで犯行を行ったが、そのアリバイ工作のために九州で犯行が行われたように偽装した。その偽装工作に一枚かんだのが、殺された冬沢という男だ」

「薬局の主ですね」

「そうだよ。ところが、君という思いもかけぬ目撃者がいて、その筋からバレそうになったので、慌てて冬沢を殺し、その口を封じたと考えるのが妥当な線じゃないかな」

「なるほど。それは大いに考えられますね」

峻は頷いて言った。

「ところで、君は何のために来たんだ？　何か用事があったのか？」

富沢は、ふとそのことに気がついた。峻は、まだ用件を言っていなかった。

「ええ、実はおもしろい研究発表が出そうなんでね。ここで警部と一緒に、その結果待ちをしようというんですよ」

「なんだい。芥川賞の発表じゃあるまいし、何か重大なことかい？」

「ええ、とてつもなく重大なことなんです。実は、あの丹前山古墳から発掘された鏡のサンプルがとられましてね。それが科学的に分析されることになったんです。それも、僕の知り合いの大学の工学部の研究室でね」

「つまり、サンプルというのは鏡のかけらのことか？」

「ええ、かけらと言っても、むしろ銅の粉のようなものなんですけれども、それを一部分析することが許されたんです。その成分を分析すれば、その銅が本当に昔からのものなのか、あるいは、鏡がいつ作られたものなのか、きっちりわかるというわけです」

「なるほど、そいつは楽しみだな。で、電話はどこにかかってくる？」

「この携帯電話に」

と、峻は自分のヒップポケットから小さな携帯電話を取り出した。

「う—ん、なるほど。じゃあ、それは楽しみだな。いったい、どういう結果が出るか」

まるで、富沢がその台詞《せりふ》を口にするのを待っていたように、電話が鳴った。峻はそれを耳に当てた。

——もしもし。

富沢は、その様子を見守っていた。これで鏡が贋物だとすれば、捜査は大きく進展するかもしれない。

しかし、案に相違して、峻の顔色は変わった。峻は何事か、富沢には訳のわからない専門用語をいくつか囁《ささや》いていたが、やがて呆然として携帯電話のスイッチを切った。

「どうしたんだ?」

富沢は嫌な予感がした。峻は青ざめた顔で、富沢に向かって言った。

「あの鏡の銅の成分は、紛《まぎ》れもなく古代のものだそうです」

富沢も意外な結果に、思わず顔色を変えた。

44

富沢の目から見ても、その時の峻の顔ははっきりと青ざめていた。予想外のことが起こった時に、人間が見せる当惑の表情であった。

「意外だったのかね?」

　富沢はあえて聞いた。

「意外でした」

　峻は頷いて、

「正直言って、僕はあれを贋物に違いないと思っていました。邪馬台国騒ぎをでっち上げるために、銅鏡百枚というものを偽造した。そのことに気がついていたからこそ、田口さんは殺された、というのが根本の推理だったのです。それが崩れてしまいました」

「そうか。振り出しに戻ったというわけだね」

　富沢は残念そうに言った。

「ええ、そうなりますね」

　峻は唇を嚙《か》んで、これから先のことを考えていた。どこに誤りがあったのだろう。

「その鏡が本物だということなんだが、そこに何かのトリックはないのかね?」

「そうですね。ちょっと、その可能性は考えられませんね」

　峻は首を振った。

「何しろ、銅粉をしかるべきところで、きちんと検査したものですからね」

「例えば銅粉が、別のものとすり替えられていたとか。つまり、サンプルとしての銅粉がだよ」

「ええ、そのことも考えないわけじゃなかったのですが、聞いてみましたら、森原考古学研究所の所員立会いの下で鏡から直接サンプルをとったそうです。したがって、その間にトリックが介在する余地はないのです」

「となると、やはりあの鏡は古代に作られた本物ということに」

「ええ、ならざるを得ないですね」

峻の声は元気がなかった。

「とにかく、戻ってよく考えてみます。何か袋小路に入ってしまったように思うので」

「ああ、期待しているよ」

富沢は、その背中に声をかけたが、その声には同じく力がなかった。

45

総理大臣の観音寺譲《かんのんじじょう》は、政治家としては極めて幸運な部類に入る。もともと弱小派閥の領袖《りょうしゅう》にかわいがられ、それだけなら単なる弱小派閥の長として世を終わっただろうが、政界再編という激変の中で巧みに立ち回って主導権を握り、なみいる先輩を飛び越して六十代前半で総理になった。四十、五十は洟《はな》たれ小僧と呼ばれる政界では、まだ若いほうである。

観音寺はその日、都内の料亭に先輩代議士の北方与市を招いた。北方は大蔵、通産など主要大臣や党の幹事長などを経験している大物だが、まだ総理になったことはない。派閥抗争、世代交代の渦の中で、まんまと観音寺に漁夫《ぎょふ》の利《り》を占められた格好になっている。それだけに、観音寺は座敷で平伏して北方を迎え、床の間を背にした上座に座らせた。北方も一応遠慮はしたが、結局はその座に落ち着いた。

「総理、お話とは何ですかな」

おしぼりで顔や首筋まで拭うと、北方は早速用件に入った。

「お呼び立てして申し訳ありません。他でもありませんが、例の首都移転のことで」

観音寺は言った。

「懇話会の結論は、まだ出ておりません。今、最終報告に向かって、鋭意取りまとめ中です」

北方は、とおりいっぺんのことを言った。もちろん、それは事実ではない。そのことは観音寺も充分に知っていた。

「当然、佐賀県という話が出てくるのでしょうな」

「さあ、そのへんはまだ。何しろ、委員の中でも意見が対立していますので――」

「しかし、懇話会の座長は北方先生、あなただ。あなたの意向が強く反映されることは、間違いないでしょう」

観音寺は決めつけるように言った。北方はジロリと観音寺を睨んで、

「総理、何がおっしゃりたいのかな？」

北方の眼光は鋭い。その鋭さを跳ね返すように、観音寺は丹田《たんでん》に力を込めていった。

「申し訳ないが、佐賀県移転の話はないものとしていただきたいのです」

それを聞くと、北方はむっとした顔をしたが、とりあえずは何も言わず、ビールを自分でコップに注《つ》ぐと、グッと一気にあおった。そのまま何も言わない。観音寺は焦《じ》れて、

「理解していただけますかな。例の佐賀県に移転する話は、ないものにしていただきたい」

「総理、あなたは日本の将来をどのように考えているのかな」

北方はおもむろに言った。

「将来？　もちろん考えています」

「ならば、首都圏を、むしろ地価も安く、アジアの中心ともなり、巨大空港を建設できる地に移すということは、いま緊急の課題であることも知っているはずだ。その中で佐賀県という選択肢は、今かなり大きな位置を、われわれ委員の中で占めておるのですよ」

「それはわかっています。しかし、ご存じのように、あそこからは丹前山古墳という、日本の考古学史上最大級とも言うべき発見があった――」

「たかが古墳ではないか！」

北方ははじめて大声を上げた。

「古墳などというのは、ただの古い塚に過ぎん。そんなもので日本の将来が左右されるというのは、いったいどういうことだ！　考古学などというものは、土いじりが好きなひま人に任せておけばいいんだ。あんたもそう思わんですか、総理？」

「お怒りは、ごもっともだと思います」

観音寺は、あくまでも丁重な口調で言った。

「しかし、やはりあそこを大規模開発の地とすることは、客観情勢が許さんのですよ。第一、世論が承知しません」

「総理、不思議なことを聞くものだな。あなたは、いつから世論尊重型の政治家になられた？」

「民主主義国家の政治家にとって、世論を尊重するのは当たり前のことでしょう」

観音寺が言った。

「建前論を聞いているんじゃない。あんたは官僚出身だ。いや、官僚出身だからと言って、馬鹿にしておるわけではないがな。あんたは常に、日本というものを大所高所《たいしょこうしょ》から見た最善の形に導こうと努力していたはずだ。そのことについて、いちいち世論などというのを気にせんというのが、あんたの政治手法じゃなかったかな」

「ご指摘恐れ入りますが、私としては常に世論の動向は無視できぬものと傾聴してきたつもりです」

観音寺は一歩も引かぬ構えで言った。

「なあ、総理」

北方は笑みを浮かべて、

「ここは、あんたとわしの他には誰もおらんのだ。本音で話してくれんか。そういう話は、人の聞いているところですれば、充分だ。なぜ、あそこがいかんのかということについて、きちんとした納得のいく説明を聞きたいものだな」

「理由は、お話ししたとおりです」

観音寺はにべもなく言った。

「――それ以上の理由はありません」

「総理、いかに何でも、それはあまりにもこのわしをなめた態度じゃないのかね。こんなことは言いたくないが、私はあんたより政界入りしたのは五年も早いし、当選回数だって二回多いんだ」

「それは、充分に承知しております」

観音寺は言った。

「しかし、これはそんな永田町の問題ではなく、天下国家の問題なのです」

「天下国家の問題だからこそ、わしは佐賀へ首都を移転するのが、近い将来を考えた場合、最善の方法だと思っているのだ。それがわからんとは、総理。あんた情けないな」

「そうでしょうか？」

観音寺は言った。

「うん？」

「天下国家のためとおっしゃいましたが、本当にそうですか」

「何を言う？　他に何があると言うのだ」

北方はややたじろいだ。

「首都移転の適地とされる高原市周辺には、いま大手ディベロッパーの手が入っています。それも子会社を使った巧みなやり方で、あのへんの土地を買い占めている。それはご存じないのですか」

「知らんな」

「そうですか。ウエスト・リゾートという会社は、西岡グループの子会社じゃないんですか」

「何のことか、さっぱりわからん」

北方はあくまでとぼけた。

「天下国家のためとおっしゃいますが、もし、それが単なる私利私欲であるということが判明すれば、マスコミは喜ぶでしょうな」

「総理、わしを脅迫する気かね」

「とんでもありません。穏やかに話し合って、こうして酒を飲んでいるんじゃありませんか。首都移転のことは、ぜひご配慮願いたいものですな」

「そういう配慮は、わしの辞書にはない」

北方はグラスを置くと、憤然として立ち上がって、座敷を出ていった。観音寺は開け放たれた障子を見て、ため息をついた。

(やれやれ、みこ様に何と言って報告したものやら)

46

峻は自宅に戻ってからも、何をするでもなく、ただ鏡のことを考え続けていた。どう考えてもおかしいのである。あの鏡が本物だとすると、田口はなぜ殺されたのだろうか。しかも、鏡が本物であるならば、あの丹前山古墳も卑弥呼の墓である可能性が高いということになる。いや、世間ではもうすでに卑弥呼の墓と決めてしまっている。

だが、峻は何か引っかかるものを感じるのであった。その引っかかるものというのを言葉に表すのは難しいが、あえて言えば「出来過ぎている」ということだろうか。何もかも、揃《そろ》いすぎているのである。新発見の古墳、百枚の銅鏡、未開封の石棺、そして金印。まるで、演出されたドラマを見るような感じがしている。これが本当なら、まさに奇跡とも言うべき現象だが、本当にそんな奇跡が世の中にありうるものなのだろうか。

(しかし、科学的データは間違ってないからな)

銅粉の分析結果は、絶対であった。トリックの介在する余地はない。そのことは峻は電話だけではなく、実際に大学の研究室に行って、担当者からも話を聞いたのである。

峻は、数年前に手に入れた古墳時代の銅鏡のレプリカを握って、考え続けていた。

最近よく博物館や遺跡の土産物屋《みやげものや》で売っている模造品だ。しかし、峻の持っているものは模造品といっても、実際に発掘された銅鏡の型を取って、忠実に鋳物《いもの》で再現したものだから、価格は高い。

これは確か百枚限定で作られたもので、買った時は五万円もした。それも今から数年前の五万円である。今なら、もっとするだろう。

遺物の正確な複製である旨、しかるべき専門家の鑑定書付である。

峻は、今度の銅鏡もその類《たぐ》いだと推理していた。それが見事にはずれたのだ。

(一体、どういうことなんだ、これは?)

峻は考え続けた。

部屋のチャイムが鳴った。峻は思考を中断して立ち上がると、ドアのところでスコープを覗きこんだ。レンズの向こう側には、真実子が立っていた。峻はドアを開けた。

「どうしたんだ。稽古《けいこ》の帰りかい」

真実子は今日は、香道家元代理らしく、和服をきちんと着こなしていた。もっとも古美術には詳しい峻も、着物の種類はよくわからない。

「それって、紬《つむぎ》かい?」

「馬鹿ね、あなたは」

「何が馬鹿なんだ」

峻は、コーヒーメーカーのほうに行きながら、ややむっとした顔で答えた。

「紬は公式の席には着られないのよ、いくら高いものでもね」

真実子は答えて、ソファに座った。

「そういうものか。やっぱり区別があるのかい」

「区別と言うより、着物の格かしら」

峻は、コーヒーをいれて、真実子の前に置き、自分もカップを手に取った。

「どうしたの。顔色が悪いわよ」

「うーん。別に体に悪いところはないんだけど」

と、峻は言葉を濁した。

「考え事をしていたんでしょう？」

真実子は、ズバリと言い当てた。

「うん」

「今度の事件のこと？」

「そうだよ。どうも腑《ふ》に落ちなくてね。うまくいかないんだ」

「鏡のことでしょう。あなたは贋物だと思っていたのに」

「そのとおり。しかし、あれが本物という結論が出ちゃったら、どうしようもないよ」

「その結論、本当に確かなの。例えば、数値をごまかすとか、そういうことはできないの？」

「そいつは無理だな。そんなことをしても、いずれはばれるし、だいたい一人でやるもんじゃないんだ、ああいう検査は。それに君は、もう一つ忘れているんじゃないかな」

「何を？」

真実子は怪訝《けげん》な顔をした。

「最初の殺人事件で、被害者田口さんの爪の間に残っていた銅粉だよ」

「ああ、あれも古い昔のものだったんだわ」

「そうだよ」

「それを犯人が、わざと爪の間に埋め込んでおいたということはないの？」

「そんなことをしても、すぐにわかると思うけどね。いずれにせよ、それはそういう古い銅粉があったということになるだろう」

「そうね」

「だから、少なくとも一枚は、本当の鏡が――」

峻は、突然コーヒーカップを宙に止めて、それをまるで壊れ物を扱うように、そっと下ろした。

「そうだったのか」

「何が、そうだったの？」

「いや。自分で言って、自分で気がついたよ。少なくとも一枚は本物の鏡があった。それが今回の事件の真実じゃないだろうか」

「少なくとも一枚って、どういうこと。百枚とも本物なんでしょう」

「どうして、そんなことが言えるんだ。いいかい。検査されたのは、百枚のうちの、森原考古学研究所が提出してきた、ただの一枚だけなんだぞ。その一枚が本物だからと言って、残りの百枚、いや九十九枚が全部本物だという保証がどこにある。だいたいあれは鋳物だよ。普通の遺物とは違う鋳物なんだ」

「鋳物ということに、何か深い意味があるの？」

「それはあるさ。鋳物というのは、型さえとってしまえば、レプリカは非常に作りやすいということだ」

真実子も、ことの真相に気が付いて、顔色を変えた。

「すると、あなたはこう言いたいのね。もともとあった、一枚の本物の古代鏡をもとに、残り九十九枚は贋物として作られた」

「そうだ。そしてもし、田口さんが、そのことに気がついていたとしたら。あるいは阻止しようとしていたとしたら」

「当然、その最初の鏡なるものを、手に入れようとするわね。そして、証拠を集めて」

「そうだ。どうやら、そういうことらしいな」

峻は、大きく頷いた。

「でも、鏡のレプリカって、そんなに簡単に作れるの？」

「作れるさ。さっきも言ったように、型を取れば、それほど難しいことじゃない。それに、細かいところは、考古学に詳しい人間が、専門的なアドバイスをすればできる。現に、この鏡だって、そうなんだから」

と、峻はテーブルの上に置いてあった古代鏡のレプリカを取り上げた。

「それも、複製なの？」

「そうさ。考古学マニアのために、そっくりに作って配布したと言われるものだ。これは、そっくりと言っても、ちょっとあまりにきれい過ぎる作りなんだが、古色を着けたり、錆《さび》を着けたりすることは、贋作に手慣れている人間なら、できないことはない。少なくとも見かけでは、実物の手本が一枚あれば、考古学者でも本物か贋物かわからないようなものを作ることは、可能だと思うよ」

「じゃあ、あの丹前山古墳は、やっぱり贋物ということ？」

その言葉に、峻はしばらく答えなかった。確かに出来過ぎてはいる。出来過ぎてはいるが、他にも証拠はあるのだ。「親魏倭王」の金印。そして、石棺の中の被葬者。それよりも何よりも、あの器としての古墳。

（古墳はどうやって造った。まさか一から偽造したわけではなかろうに）

仮に、これが贋作事件だとしても、なぜそれほど大がかりなことをやって、世の中を惑《まど》わす必要があるのだろう。第一、それほど大がかりなことをやれる力とは一体何なのだろうか。

47

「春日司郎を引っ張りましょう」

岡田は、富沢に進言した。今度の事件の実行犯、特に森原所長殺しは、確かに春日司郎こと淵田の犯行である可能性が強い。

「もう少し証拠を固めないと、引っ張るのは無理だろう」

富沢は、残念そうに言った。

「有力な目撃者と言えば、永源寺君一人だからな。それも、彼が森原の車を運転していったというだけのことだ。しかも、その車は、ほぼ同じ時間に九州で目撃されており、そちらのほうには、ビデオテープという証拠もある」

「しかし、釈迦堂パーキングエリアにある展示館で、何か起こったことは間違いありませんよ。それにその関連も、淵田を締め上げれば、出てくるんじゃないですか」

「あいつは締め上げて、吐くようなタマじゃないな。それはわかっているだろう」

富沢は言った。岡田も不承不承《ふしようぶしよう》、頷かざるを得なかった。あれだけ頑健な肉体を持ち、アクション俳優という仕事もこなしている淵田なら、相当な忍耐力があるはずである。

「とにかく今のところは、長野県警と山梨県警の周辺捜査を待つしかないな。本当に、別の目撃者でも出てくれれば、めっけもんなんだが、なかなかそうもいくまい」

その時、富沢の卓上の電話が鳴った。それを取り、何事か話していた富沢の顔色がさっと変わった。

「どうしたんです?」

岡田は、不思議に思って聞いた。

「いや。諸住《もろずみ》警視監が、俺をお呼びだそうだ」

「警視監？　あの人、捜査とは関係ないセクションじゃないですか」

「そう。だから気になるのさ」

富沢は、めったに行かない最上階のフロアに行った。そこには、総監直属の特別室という部屋がある。実のところ、警視庁の職員も、この部屋の住人が、いったい何をしているのか、よくは知らなかった。ただ、政界工作をするポストだということは、聞いたことがある。そのポストの長が諸住警視監であった。

「いや、富沢君か。よく来てくれた」

と、諸住は自ら出迎えると、奥のオフィスへと、富沢をいざなった。その部屋に入るのは、富沢も初めてだった。畳二畳分はあると思われる、大きな机を前にして、諸住は座り、立ったままの富沢を見上げた。

「ご用は何でしょうか？」

「今、君が進めている捜査の件だけどね。現状はどうなっている？」

「はい。鋭意進展中ですが」

富沢は、いちいち細かい報告をする必要もないと思い、簡単な言葉で答えた。

「鋭意進展中か。おもしろいことを言うな。鋭意ということと、進展中ということは、本来、別の概念ではないのかな。それを言うなら、鋭意捜査中か、事件は解決に向かって進展しているというふうに、言うべきじゃないのかね」

諸住は、筋肉質の体を後ろに折り曲げるように、伸びをすると、そう言った。

「おそれ入ります」

富沢は頭を下げた。

「容疑者に、春日司郎という俳優の名があがっているようだな」

「そのとおりです。本名は淵田といいますが」

「あれは、実は私がよく知っている人間でね」

諸住の意外な言葉に、富沢は驚いて顔を上げた。

「ご存じなんですか？」

「そうだ。あれはもともと、高校の後輩でね。歳は離れているんだが、クラブの指導にちょくちょく行った時に、目をかけていた男なんだよ」

「クラブと言いますと？」

「何、空手だがね」

諸住は答えた。

「とにかく、人格的には信頼できる男で、スポーツマンの鑑《かがみ》とも言うべき男だ。まあ、詳しいことは知らないが、殺人を犯すような男ではない。その人柄の保証だけはしておくよ」

諸住は、それだけ言うと、くるりと椅子ごと向きを変え、富沢に背を向けた。

「それだけだ。ご苦労さん」

「あの、警視監」

富沢が何か言いかけると、諸住はそれに覆いかぶせるように、

「もう帰ってもいいよ。ありがとう」

富沢はむっとしたが、表には出さず、

「失礼します」

と、一礼して部屋を出た。

（あれで、圧力のつもりなんだろうか。それにしても、いったい何であんな男をかばう）

高校の後輩というのは、どうせ嘘だろう。そんなことは、すぐ調べればわかることだ。それにしても、どうして、そこまでして淵田をかばう必要があるのか。淵田は、政府与党の大物、北方与市を狙っている男かも知れないのである。下手にかばい立てしたら、キャリアにとっては、命取りにもなりかねない。そこのところが、富沢にはどうしてもわからなかった。

48

峻は、鏡の複製を作った人間をつきとめようとしていた。昔ながらの技術で、できるだけ昔の鏡に近いものを作ることを、森原考古学研究所では求めたはずである。考古学者は、

実際にどんな作り方をすればいいのか、極めて的確に、詳細にアドバイスできるはずである。

しかし、それを実際に作るということは、また別の次元の問題だ。どうしても、そういうことには熟練した職人の力を借りなければいけない。そうすると、そんな職人は日本で何人もいるはずがないのである。

今は彫金、冶金《やきん》の部分でも、工程は著しく機械化されており、練達の職人など、そうざらにはいない。

峻は、取りあえず東京周辺で当たることにした。こういうものについては、むしろ関西のほうが熟練した職人がいるのだが、東京も首都であるだけに、そのような需要も多く、職人の数も少なくはない。峻は、三カ所ほどまわって、そのような鏡を作った形跡はないか調べてみた。

取りあえずは徒労であった。しかしこの糸を手繰《たぐ》っていけば、必ず何かに突き当たると、峻は確信していた。

その峻が、上野池之端にある古美術複製の専門工房を訪ねた帰り、不忍池《しのばずのいけ》の近くを通りかかった際、突然後ろのほうから、すごい勢いで黒塗りの車が進んできて、峻の横で急ブレーキをかけて停まった。峻は、びっくりして、振り返った。

窓には、スモークのフィルムが貼ってあって、中は見えない。その窓が、パワーウィンドウでスルスルと開いて、中から声が聞こえた。

「ここにおったか。やっと見つけたぞ」

峻は、驚いて車の中を覗き込んだ。

「お養父《とう》さん」

峻は、驚いて叫んだ。車の中にいたのは、峻の養父であった。

「どうしたんです、こんなところに？」

「まあ、いいから、中に入りなさい。話は後だ」

峻は頷いて、車の反対側に回った。運転手がドアを開けてくれたので、中に入り、後部座席で養父の横に座った。車は大型のベンツである。養父は、昔からドイツ車を愛好している。

通称「目黒の御前《ごぜん》」という政財界の黒幕が養父の正体であり、そのことを知っている人間は日本でも数少ない。峻は孤児だったが、この養父にその才能を見込まれて育てられたのである。会うのは久しぶりのことだった。

「どうしたんです、こんなところで？」

「お前を探しておったのだ」

「いったい、何のために？」

老人は言った。

「峻、また変な事件に係《かか》わっているようだな」

「いけませんか」

峻は苦笑して言った。

「もともと貧乏性なんです。どうも、事件のほうから寄ってくる」

「今度の事件も、どうやら根が深そうだ。気をつけたほうがいい」

老人は前を見たまま、呟《つぶや》くように言った。峻は訝《いぶか》しげに老人を見た。そんなことを言うことはめずらしい。もともと老人は政財界に隠然たる力を持っているから、たいていのことは難なく処理できるのである。もっとも、峻はそんな養父の強大な力を借りるのは嫌だから、できるだけ仕事の上では距離を保ってきた。ただ、その養父がお節介にも介入してくる時には、本当に「難しい」事件なのである。

「この前は宗教がからんでいましたね」

と、峻は言った。この前というのは、『卑弥呼伝説』殺人事件のことである。あの時は、巨大宗教集団がその強大な力を持って峻に迫ってきたため、養父はわざわざ出馬し、峻に注意を促したのだ。

「今度もそうだと言うんですか」

老人は、ゆっくりと峻のほうを見て、

「まあ、そうだと言えば、そうとも言えるし、そうでないと言えば、そうでないとも言える」

「まるで禅問答ですね。どういうことなんです？」

「宗教と言えば、宗教だ。だが、その宗教にはわずかな信徒しかおらん。したがって、教団の力というものはない。ないが、影響力はある」

「困ったな」

峻はため息をついて、

「それじゃあ、ますます禅問答だ。いったい、どういうことなんです?」

「まあ、少し歩きながら話そうか」

と、老人は運転手に車を止めさせた。そこは不忍池の近くの遊歩道であった。

老人は杖を片手に降りたので、峻は驚いた。ついこの間までは、車椅子を使っていたのである。

「歩けるんですか」

「達者なものだ。最近は、老人医学の発達が目ざましいからな」

本当に老人はすたすたと歩いていった。峻はびっくりして後を追い、周《まわ》りに誰もいないかどうか確かめた。重要人物なのである。暴漢が狙っていないとは言えない。

「大丈夫だ。わしの今日のスケジュールは、誰も把握しておらん」

「それにしても、ボディガードぐらいは付けたほうがいいんじゃないですか」

「いつもは付けておる。だが、今日は内密の話があってな」

「運転手にも聞かれちゃ困ることですか」

と、峻が言ったのは、その運転手は峻が中学生の頃から働いていて、まず信頼できる男だからだ。現に老人は、たいていの密談なら車の中でする。

「峻よ、巫《かんなぎ》という言葉を聞いたことがあるか」

「巫？　ええ、神主のことですか」

「正確に言えば、違うな。むしろ、日本における巫というのは、シャーマンと言うべきものだ。まあ、卑弥呼もそうだったのではないかと、わしは思っておるがな。つまり、国家の首長でもあり、その国の国教の最高神官でもある。そういう存在だ。特殊な能力を持ち、神の声を聞き、国家の行く末を占《うらな》いによって決定する。いや、占いと言うより、神からの預言《よげん》と言ってもいいだろう。それが巫じゃ」

峻は、老人がなぜ突然そんなことを言い出したのかわからず、沈黙を守った。先に立って歩いていた老人は、突然振り返って峻を見て言った。

「その巫が、この日本に今もおると言ったら、お前はどう思う？」

「そんな、馬鹿な」

峻は思わず言った。

「今は民主主義の時代ですよ。しかも、科学万能の時代だ」

「表面上は確かにそうだがな。だが、日本にはまだそういう存在がおるのだ。そして、トップレベルの政治家たちが、そのご託宣《たくせん》を聞きにいく」

「でも、お養父さん」

峻は、思わず声を張り上げ、そして自分の声の大きさに驚いたように、あたりを見回して声を低めて、

「日本には、天皇家というものがあるじゃないですか。もし、日本の巫が今も残っているとしたら、それは天皇家であるべきだし、実際にもそうなんじゃないですか。例えば大嘗祭《だいじょうさい》あるいは元号《げんごう》の制定などによって、この国の神権政治の部分を補っていると考えれば――」

老人は重々しく頷くと、

「それは、一面ではそのとおりだ。だからこそ、この問題は微妙なんじゃよ。明らかに、日本には天皇家と別系統の巫がいる。その巫の子孫は、今も政界に対して影の力だが、強い影響力を持っている。それが真実なのじゃ」

老人は至極真面目だった。いや、冗談でこんなことを言えるはずもないし、そんなことを言う趣味もないことを峻はよく知っていた。

「それは、いつ頃から存在するのです?」

「真実は知らん。だが、悠久の昔からということになっておる。幕府も、この存在は無視できなかったし、明治に至っても、さまざまな預言を成すことで、国を裏から操ってきた。わしが聞いておるのは、日露戦争当時、バルチック艦隊の進路を予測したということと、先の大戦において日本の敗北と、そして数十年後かの再生を預言したということだ。それは先代の話だがな」

「先代というと、今は代が変わっているわけですね。それは、どんな人物です?」

「わしも会ったことはない」

「お養父さんが? 日本の政財界の黒幕という評判の?」

「親に向かって、黒幕などと言うものではない」

さすがに老人は苦笑して、

「だが、残念ながら、わしは会ったことはない。総理及び総理の代理にしか会わんということは聞いたことはある。したがって、そのことが一種の総理という職に伴う名誉であると考えられていることも知っておる。ただ、漏れ聞くところによれば、若い女だそうだ。それも美形のな」

「女性ですか。しかし、お養父さんはいったい、なぜそのことを僕に教えにきたんです？」

それを聞くと、老人は大きく頷いて言った。

「今度の事件の裏に、その巫がおるからじゃ」

49

その日の捜査会議では、科学警察研究所に依頼した新しい調査の結果が公表され、事態は大きな転機を迎えていた。調査は、九州の轢《ひ》き逃げ事故の現場で会社員が撮影したビデオをコンピュータ解析にかけ、分析したものであった。解析に当たった技官が説明していた。

「これが、問題のナンバープレート部分をビデオから拡大して引き伸ばしたものです」

と、ナンバープレートの写真をホワイトボードにマグネットで張りつけた。

「このままでは何かわからないと思います。もう一枚の写真を見てください」

と、技官はもう一枚写真を出した。それは同じ「高原55－す3362」のナンバープレートの拡大写真だった。

「これは、同じサイズに引き伸ばしてあります」

技官は言った。富沢警部をはじめ捜査員は、その写真を見比べていた。ちょっと見たのでは区別がつかない。

「ご覧のように、同じもののように見えます。右側の写真は、実際に事件後発見された車のナンバープレートをそのまま写真に撮ったもので、左側はビデオに撮った写真を拡大したものです。これじゃあ、区別がつきません。そこで、こちらのほうを赤で着色します」

と、技官は左側の写真を指さし、

「それをスライドにしたものを、これから上映します。ちょっとカーテンを引いてください」

黒いカーテンが引かれ、部屋が暗くなった。技官はホワイトボードの上にスクリーン用の白布をかけ、そこにまず文字が赤くなったナンバープレートを映し出した。

「これに、もう一つのナンバープレートの写真、これは数字が黒になっていますが、重ねます。ご覧になってください」

技官が二つのネガを重ね合わせて投影させた時、一同から驚きの声が上がった。明らかに上下の字は、ほんのわずかだが、違いがあるのである。

「ご覧のように、この高原の高の字の真ん中の横線の部分、そして原という字の左肩の部分、ここのところに微妙なズレがあります。これを運輸省の陸運局で確認したところ、黒い文字のほうが正しいことがわかりました」

「ということは、どういうことなんだね？」

富沢は大声で言った。

「簡単に言えば、このビデオに映っているプレートは、偽物だということです」

「偽造ナンバープレートということか？」

「そうです。少なくとも言えるのは、両者は同じものではないということです」

カーテンが開かれ、部屋は再び明るくなった。

「どうでしょう。これで、淵田を引っ張る材料ができたんじゃないですか」

勢い込んで岡田が言った。それは全員の気持ちでもあった。あのビデオに映ったベンツが被害者のものではなかったとすると、被害者の車は別の場所にあったことになる。そして、それをしっかり見ていた目撃者がいる。もちろん峻のことだ。したがって、その車を運転していた淵田は、有力な容疑者になるのである。

「とりあえず、参考人として呼ぼう。すぐに引っ張ってきてくれ」

富沢は言った。

峻は老人とまだ公園にいた。あたりに人がいないのを見澄まして、峻はまず老人をベンチに座らせ、自分も横に座った。

「お養父さん、教えてください。その巫とやらは、どこに行ったら会えるんです？」

「お前には会わんよ、その女は」

と、老人はにべもなく言った。

「古い屋敷の奥まった一室にいて、ほとんど外出もしないらしい。雑用は執事がすべてするというが、その執事ですら、なかなか顔を見せん有り様だ」

「でも、これは他のこととは違いますからね。人がすでに何人か死んでいるんです。この連続殺人事件の謎を解き明かすためには、どうしてもその女性に会う必要があります。お養父さんも居所ぐらいは知っているんでしょう？　知らないとは言わせませんよ」

「おいおい、親を脅かすつもりか」

「いえ、そんなつもりはまったくないんですが、お願いします」

と、峻は頭を下げた。

「しかし、峻よ、もう一つ言っておかねばいかんのは、その巫がこの事件に絡んでいるというのは、単なるわしの推理に過ぎん。いや、推理というほどのものでもなく、ただの勘と言ったほうが正確だな」

「お養父さんの勘なら、僕は一〇〇パーセントの信頼を置きますよ。何しろ、戦後の混乱期に一つも判断を間違わずに、ここまで地位を築き上げた人なんだから」

「おいおい、それは褒《ほ》めておるのか、それともけなしておるのか」

「もちろん、褒めているんです。とにかく、住所を教えてください。そこへ行ってみます」

老人は、杖の上に両手を重ねて置き、渋い顔をした。

「こんなことをしていても、時間の無駄ですよ。どうせ僕は、調べる気になれば調べられるんだから」

「だが、そうかな。そのことは、いわば日本の最高機密じゃ。いかに古美術に詳しいお前でも、その居所ばかりは一年探したところでわかるまいよ。それほどの相手だということは、覚えておいたほうがいい」

老人はそれだけ言うと、懐から紙片を取り出して峻に渡した。

「これは？」

「そやつの住所じゃ。だが、最新の警報装置に囲まれた警戒厳重な館で、忍び込むのは到底不可能だぞ」

「わかりました。ありがとう」

峻は、それを見て、まず記憶しようと努めた。貴重な情報は覚えておかないと、いつ何時失われるかもしれないからだ。

（こんなところに）

と、峻は思った。それは、想像していた京都や伊勢ではなく、東京都内の最高級住宅地の一画だったからである。

50

春日司郎こと淵田勤は、その日、いつものようにスポーツジムでのトレーニングを終え、ポロシャツにジーンズというラフなスタイルで、トレーニング用品を入れたバッグを持って外へ出た。そこへ、岡田が同僚の真壁《まかべ》刑事と一緒に現れた。

「淵田さん、これから署にご同行願えませんか」

岡田が言った。淵田は眉《まゆ》をひそめて、

「何の容疑です？」

と、二人を睨みつけた。岡田は気負い込んで言った。

「森原考古学研究所所長殺害事件に関する参考人としてです」

「つまり、任意同行ですか」

「そうです、今のところは」

岡田は言った。

「今のところは、か。任意同行なら、拒否する権利もあるわけだな」

淵田はそう言って、左手で頭を掻《か》く仕種《しぐさ》をした。岡田はその時、淵田が何を考えていたのか、後になって思い知った。

「ご同行願えますか」

「そうですね、ちょっと待ってください。支度をしますから」

淵田はそう言って、持っていたバッグを投げ出すようにぽおんと前に置いた。歩道の上である。

何か取り出すのかなと、岡田が屈《かが》み込んだところを、淵田はいきなり蹴り上げてきた。そのキックは狙い違《たが》わず、岡田の鳩尾《みぞおち》に入った。岡田は、気の遠くなるような痛みと苦しさに悶絶《もんぜつ》しそうになった。

「何をする」

同僚の真壁が取り押さえようとしたが、一瞬早く、淵田は回し蹴りを真壁の顎《あご》にヒットさせた。

真壁は三メートルぐらい吹っ飛んで、歩道の石畳に叩きつけられた。

「待て」

岡田は声を出したつもりだが、それは声にならなかったかもしれない。淵田はバッグを持つと、そのまま逃げ去った。

「申し訳ありません。そういうわけで、取り逃がしてしまいました」

岡田は頭を下げて言った。その顔は苦痛に歪《ゆが》んでいる。

「大丈夫か、おい」

富沢は、岡田の顔を見た。本当に痛そうだ。

「ええ、あの蹴りは強烈でしたよ。今でも吐き気がするし」

「医者に診《み》てもらったのか」

「いえ、報告が先だと思いまして、まだ診てもらっておりません」

「早く診てもらってこい。何しろ、相手は空手の有段者だ。内臓破裂しているかもしれんぞ」

「脅かさないでくださいよ」

岡田は青い顔をして言った。

「それにしても、まあ不幸は不幸だったが、これで奴をおおっぴらに指名手配できる。何しろ、警官に対する暴行罪だ。逃れようがない」

「そうですね。うまく捕まってくれるといいんですが。とにかく気をつけてください。何しろ、油断していたこともありますけれども、一応、柔道と剣道の有段者がいきなりやられちゃったんですからね」

「真壁君のほうは?」

「あいつは頭を打ったんで、救急車で担ぎ込みました。一応、脳内出血はしていないそうです。軽い脳震盪《のうしんとう》ということで」

「そうか、それならよかった。しかし、油断しているところに空手の蹴りを食らったら、たまったもんじゃないな。とにかく凶暴な奴だ。注意するように通達を出そう」

富沢は言った。確かに部下がやられたことは腹が立つが、これで事件は解決に大きく前進したとも言える。それだけのことをするからには、淵田勤はこの事件とやはり深い関わりがあるに違いない。諸住警視監も、これでは文句が言えないだろう。圧力のかけようもないに違いない。

51

　その日も、いつものように静まり返った暗い森の中の大きな屋敷で、女主人は大きなロココ調のテーブルの上で静かに洋書を読んでいた。部屋に差し込む明かりは窓ガラスを通してのものだが、その窓ガラスは今時の新興住宅地では決して見かけない荘重な造りの飾りガラスで、まるで劇場の幕のような大きな古いカーテンが左右に引かれていた。卓上には、十八世紀に作られたイギリス製の置き時計が静かに時を刻んでいる。

　そこへドアがノックされ、年老いた執事が現れた。

「お嬢さま、淵田がここへ参りましたが」

「淵田が？」

　女主人は本を閉じると、不快そうに眉を顰《ひそ》め、

「ここへは来るなと、命じておいたはずです。第一、警察に跡でもつけられたら、どうするつもりなの」

「そのことは申し聞かせたのですが、何やら不始末をしでかして逃げてきたと申しまして、

ぜひともお嬢さまにお会いするまでは、ここを動かないと申しておるのでございます」

「困ったわね」

女主人はしばらく考えていたが、

「いいでしょう。謁見《えっけん》の間に通しなさい」

「よろしいのでございますか」

「構いません。私が言って聞かせます」

女主人は威厳を持って立ち上がると、部屋を出た。老執事とは逆の方向へ歩く。奥には階段があり、その階段を降りるとドアがある。ドアを開くと、ちょうど小さな舞台のようなところに出た。目の前は薄いカーテンで覆われている。彼女は、そこでしばらく待った。

二～三分すると、ベールの向こう側で人の気配がした。

「では、これより巫《かんなぎ》さまのお出ましでございます」

老執事の声が聞こえた。彼女は心持ち胸を張って、視線を下に落とした。手前のベールが自動的に左右に開かれ、部屋の向こうが見えた。床には淵田が跪《ひざまず》いていた。

「ご拝顔の栄を賜《たまわ》り、光栄でございます」

淵田はしおらしい様子で言った。

「ここへは来てはならないと、申しつけておいたはずですよ」

「はい、充分わかっておりますが。私、実は刑事を二人傷つけて逃走してまいりました」

「刑事を？」

女主人は、さすがに驚きの色を浮かべ、

「殺したのですか」

「いいえ、気絶はさせましたが、おそらく死んではいないと思います。刑事というものは、体を鍛えているものですから」

「それにしても、そんな汚れた体でこちらに現れるとは」

女主人は眉を顰めた。

「申し訳ございません」

淵田は両手を付いて、

「自分一人のことなら、いずれ始末をつけるつもりでございますが、その前にもう一度お顔を拝見いたしたく、こうして来てしまったのです」

「淵田。お前は警察に捕まるつもりですか」

「いいえ、そのようなことはできません。もし捕まれば、このお屋敷の秘密が世間に明らかになってしまいます」

「では、どうすると言うのです？」

淵田は一瞬沈黙したが、やがて決心したように顔を上げ、女主人の顔をまともに見た。

「このまま、北方与市と刺し違える覚悟でございます」

52

峻は養父から受け取ったメモを基《もと》に、巫の家を探していた。それは東京港区の中央よりやや外れたところで、戦前の屋敷町の雰囲気が東京都内で唯一残っているところである。東京育ちの峻も、こんな一画がまだ保存されていることなど知らなかった。

峻があちこち探しながら車を走らせていると、突然、目の前に警官が現れ、車を止めるように命じた。

「何ですか？」

窓を開けて、峻は警官に問うた。

「何かお探しですか」

警官は丁寧な口調で言った。職務質問なのだろうか。どうしてこんなところに警官がいるのかと、峻はあたりを見回して、その疑問が氷解した。大使館がある。その警戒に当たっているのだろう。あたりを低速運転でうろうろしていたので、怪しげな奴と間違えられたに違いない。峻は免許証をわざわざ見せて相手の警戒を解くと、メモを示した。

「この住所、どこですか」

「この住所ね」

警官は見ていたが、

「あっ、ちょうどこの真裏に当たるな」

「真裏ですか」

峻は言った。

「でも、車では行けないよ」

「どうしてです?」

「私有地で、通行禁止だからね」

「そうですか。どんな人が住んでいるんです?」

その質問に、警官はちょっと警戒の色を顔に浮かべ、

「さあ、知らないね。私はこのあたりは詳しくないんで」

そう言い捨てると、さっさと行ってしまった。峻は仕方がないので、車を少し離れたところに止め、歩いてそちらに向かった。

ちょうど大使館や、その他政府の建物でガードされるような形になっている。そして、屋敷に続く道は「私道につき通行禁止」という札が掛かっていた。

(これじゃあ、仕方がないな)

峻は、車一台がやっと通れるぐらいの細い道を入ってみた。ちょうど森が両側に迫っていて、木々のトンネルをくぐるような形になる。出てみて、峻は驚いた。その先には、まるでイギリスの貴族の屋敷のような広大な洋館があり、厳重な塀で囲まれていたからだ。

(どうしたものか)

塀を乗り越えることはできるかもしれない。

しかし、おそらく警報装置があるだろう。

下手に捕まれば、住居不法侵入になり、二度と近付けなくなる。

かといって張り込みする場所もなかった。

公道に面しているなら、何とかなるが、このロケーションではどうしようもない。

峻は迷った。

じっくり考える時間もない。なにしろ、このあたりには身を隠すところなど、どこにもない。

(森へ戻るか)

それしかない。木々の間に身を潜め、狭い私道を通って邸内へ入る人間を、いちいちチェックするのだ。峻は森へ入って大きな木の背後に回った。

(——?)

その時、ふと気がついた。

木々の間に妙なものがある。

それは、迷彩色のシートをかけられたオートバイだった。誰かがここへ隠しておいたのだ。

峻は、そのタイヤやハンドルの状況を注意深く観察した。あまり汚れていない。

(この持主は、まだこのオートバイを数時間置いただけだ)

どこへ行ったのだろう。それは、一つしか考えられない。この先の怪しげな洋館だ。ただゲストとして行ったのか、それとも招かれざる客として行ったのか。招かれざる客のほうだろうと、峻は判断した。なぜなら、もし本当のゲストならば、オートバイをこんなところに隠しておく必要はないからだ。ゲートを開けてもらって、堂々と中に入り、庭園内に置けばいい。それをしなかったということは、何か後ろ暗いことがあるやつだ。

見張ってみよう、と峻は決意した。屋敷を見張ると同時に、この持主が帰ってくるかどうか見張るのである。峻は注意深くシートを元通りにすると、少し離れたところにある繁みの中に入った。地面に座って長期戦の構えに出たのである。

あまり待つ必要はなかった。小一時間もすると、ゲートが開き、中からサングラスに革のブルゾンを着たジーンズスタイルの男が出てきた。がっしりとした体つきである。男は峻が予感したとおり、真っ直ぐにオートバイのところに歩み寄ると、シートを外し、畳んでサイドバッグに入れると、ハンドルの柄にかけてあったフルフェイスのヘルメットをかぶった。

その時、サングラスを外したので、峻にはその素顔が見えた。

(淵田だ)

あの男に間違いはなかった。第一、サングラスをした顔のほうが、峻にとっては馴染《なじ》みなのである。あの森原所長が失踪《しっそう》した日、駐車場に戻ってきて森原のベンツを運転して走り去ったのは、この男だ。

(どうする?)

峻は咄嗟《とっさ》の判断に迷った。ここで飛びかかって取り押さえるという選択肢もあったが、それはやめにした。相手はかなり強そうだし、峻にも合気道の心得があるとはいえ、一対一ではどちらが勝つかわからない。下手に負けたら、二度と陽《ひ》の目は拝めなくなるかもしれない。

淵田は手早く身支度すると、オートバイをスタートさせた。私道を出て左のほうへ曲がるのを見届けてから峻は道路に飛び出し、息せき切って自分のボルボまで走った。なまじ、離れたところに置いてしまったのが悔やまれた。ようやく愛車までたどり着くと、峻はすぐに乗り込み、シートベルトも締めないまま車をスタートさせた。淵田の行った方角は覚えているが、追いつくことはできるだろうか。

幸いにも、二〜三分で淵田の後ろ姿をとらえることができた。峻はその後についた。オートバイを車で尾行するのは初めての経験である。逆ならばやったことがあるが、なまじこちらの図体がでかいだけに、尾行は極めて難しい。

(どうする? 電話をして警察を呼ぶか)

それも考えた。手元に携帯電話はある。一一〇番を呼べば、直ちに緊急手配が行われるだろう。

(そうすべきか)

峻が迷っていると、淵田はいきなりエンジンをふかしスピードを上げた。どうやら気づかれたらしい。峻は慌てて後を追った。

淵田は百キロ近いスピードで、突然、大きな道路から脇道に逸《そ》れた。まさか、そんなテクニックがあるとは思わない峻は慌ててブレーキをかけ、後に続いた。

そこは地上げのためか、家を壊した後の更地がいくつかあるだけで、住宅らしい住宅はない。その空き地と空き地の間の道を、淵田はレーサーのような巧みなテクニックで走り抜けていく。峻はしばらく後を追っていたが、そのうちに淵田の姿が見えなくなった。道に出た途端、淵田の姿がかき消すように見えなくなったのだ。

(馬鹿な)

峻は思って、車を止めてあたりを見回した。その時、道脇の側溝にオートバイが落ちているのが見えた。事故でも起こしたのか。峻は車から慌てて飛び出して、道の上から側溝を覗き込んだ。それが罠《わな》だった。峻は次の瞬間、後頭部に激しい衝撃を受け、意識を失った。

53

目が覚めると、そこは暗いコンクリートの打ちっぱなしの部屋であった。窓はなく、天井に裸電球が一つだけある。

激しい頭痛がした。峻は顔を顰《しか》め、立ち上がろうとして気がついた。頑丈なワイヤーロープのようなものでグルグル巻きに縛られている。そして、ボイラーのパイプのところに、その先がくくり付けてあるのである。これでは自由に動けない。

峻は無理だとは思ったが、全身に力を入れて、少しもがいてみた。だが、がっちりとしたロープは余計締まってくるだけで、峻は立ち上がることすらできなかった。床にべったりと座ったまま、峻はあまりの気分の悪さに体を反《そ》らせて天井を向いた。涙が滲んできた。

「どうやら、目が覚めたようだな」

後ろで声がした。峻ははっとして振り返った。奥に簡単なテーブルと椅子があり、椅子に男が座り、何か作業をしていた。

「お前は淵田勤だな」

峻は痛みを堪えていった。

「そうだ、よく知っているな。さすがトレジャー・ハンター、永源寺峻だな」

淵田は嘲《あざけ》るように言った。峻はびくりと体を震わせて、

「どうして知っている、僕の名を?」

「知ってるさ。何しろ、やばいところは見られたし、この事件を嗅《か》ぎ回っている男がいるとなれば、調べずにはおれん。お前は知らんかもしれんが、俺は三度ぐらい物陰からお前の姿を窺《うかが》っていたんだぞ」

「ひょっとして、その三度のうちの最初は、丹前山古墳の近くの神社か」

「そうだ、よくわかったな。あの時、お前に俺は警告したつもりだったんだがな。この事件から、手を引けと」

「タレ込み電話をしたのも、お前だな」

「——そうかもな」

「やっぱり、お前が森原所長を殺したのか」

その質問には、淵田は含み笑いをして答えなかった。そして、再び顔の向きを変えると、テーブルの上でドライバーを取り上げ、作業を始めた。峻は目がかすんだが、よくよく目を凝らしてみると、淵田は何か電子部品のようなものを組み立てているらしい。

「それは何だ？　何をするつもりなんだ？」

「聞かないほうがいいな。お前を殺すつもりはない」

淵田は、組み立て作業を続けながら言った。

「秘密を知ったものは、殺すんじゃないのか」

「俺は殺人鬼じゃない。ただ、必要な場合においては、抹殺しなければならない人間は抹殺する。それだけだ」

「森原考古学研究所の所長をなぜ殺した？」

「殺したのは確かに俺だ。ただ、理由を説明する必要はない」

「なぜだ？　誰かをかばっているのか」

「かばっているわけじゃない」

峻はその時、淵田の組み立てているものの正体がわかった。プラスチック爆弾らしいものと、時限装置。どう考えても、それは時限爆弾である。

「それで誰を殺すつもりなんだ？」

「知る必要はないな」

「やめろ、馬鹿なことは」

「馬鹿なことではない。必要なことだ」

「いい加減にしろ。もう、こんなことはやめて、警察に自首したらどうだ？」

「自首？」

淵田はせせら笑った。

「そんなことをしたら、大切な目的が果たせなくなる」

「目的？　目的とは何だ？」

「うるさい男だな」

淵田は怒って、ドライバーを放り捨てるようにして立ち上がった。

「お前を生かしておくのはお情けだ。いいか、殺したっていいんだぞ。今、お前を殺そうと思えば、俺はいつでもやれる。だが、俺は必要以外の人間は殺さない。だから、生かしておいてやるんだ。しかし、俺のすることに、いちいちうるさく口を出すなら、ここで口をふさいでもいいんだぞ。どうだ、ここで今すぐ死ぬか、それとも黙るか、どっちだ？」

「わかったよ。口をきかなきゃいいんだろ」

「そうだ。それでいい」

淵田は再び座ると、爆弾の組み立てを始めた。ときどき、淵田の目は目の前に置かれた大時計のほうにいく。何か時間を気にしているようだ。

（爆弾をどこに仕掛けるつもりなんだ？　誰を殺すつもりなんだ？）

峻は気が気ではなかった。しかし、このままではどうしようもない。

54

その日、首都移転懇話会の座長を務めた北方与市は、会合が終わった後、黒塗りの車に乗って会場の開発庁を後にした。北方は後ろの座席で一人ふん反り返り、前には運転手と秘書が乗っている。秘書の佐々木は手帳を取り出して、北方に向かって言った。

「この後、十七時より議員会館でウエスト・リゾートの高岡専務に会っていただきます」

「高岡は何の用だ？」

北方は葉巻を燻《くゆ》らしながら言った。

「例の高原市総合開発プロジェクトの中間報告でございます。特に重点について、プロジェクトチームの責任者である高岡専務が自らご説明したいと」

「ふむ。その後はどうなっている？」

「十八時からは、定例の財界の皆さま方との夕食会がございます。それから、二十時からは三人ほど陳情客を受け付けることになっておりますが」

「キャンセルしてくれ」

北方は突然言った。

「えっ、キャンセルですか？」

「そうだ」

「あの、陳情客をですか」

「そうじゃない。十七時からの予定をすべてキャンセルしろ」

「えっ、それはいくらなんでも不都合ではございませんでしょうか」

「何が不都合だ。人間、誰でも病気になることはある。急病だとでも言っておけ」

「で、これからどうなさるので？」

「鮎子《あゆこ》のところへ行け」

北方は言った。

「――――」

もちろん、愛人のことである。バストが大きいのだけが取柄の、佐々木にはまったく趣味ではない女だ。もっとも、美人であることは間違いないが。

「どうした？　聞こえんのか」

「いえ、聞こえました。すぐそちらに車を回します」

佐々木は運転手に命じた。北方は満足そうに葉巻の煙を吸い込み、車の天井に向かってフーッと一息吐いた。

北方与市は車を降りると、インターホンでオートロックのマンションの中に入り、七階の愛人の部屋を訪れた。ドアを開けると、薄いネグリジェの下に何もつけていない鮎子が、北方に飛びついた。

「もうシャワーを浴びたのか」

北方はにやにやしながら言った。

「そうよ、いけない？」

「シャワーは浴びるなと言っただろう。そのままのほうがいいんだ」

「だって、汗臭いんじゃない？」

「それがいいんだ」

と、北方は強引に鮎子を抱き寄せ、唇に自分の舌をねじ込むようにキスをした。鮎子が息苦しさにばたつくと、

「もう、濃いオヤジなんだから」

と、文句を言った。

北方は肉づきのいい鮎子を軽々と抱き上げて、ベッドの上に放り投げた。そして、上着をとってネクタイを緩めると、寝室のカーテンを大きく開けた。

「ねえ、フォーカスされたらどうするの？」

と、鮎子がベッドの上で仰向けになったまま言った。

「ふっ、わしをフォーカスするような度胸のある奴はおらん」

北方はうそぶいた。

しかし、その北方と鮎子の姿を、少し離れたビルから双眼鏡で覗いている男がいた。淵田である。

（今日は泊まるつもりかどうか）

淵田はそれが気になっていた。寝室のカーテンが内側から閉じられると、淵田は視線を下にさげ、マンションの付近にSPやボディガードがいないかどうか確かめた。いつも身の回りを厳重に警戒させている北方も、ここへ来る時はお忍びである。そのことを知った淵田は、愛人のマンションが見張れる場所としてここを選んだのだ。

ここはバブルが弾けたため、閉鎖されている五階建てのテナントビルである。五階の部屋からは、北方のマンションを監視するには好都合だし、地下室もある。その地下室には、今、峻が閉じ込められている。権利関係でもめていて、いまだに地主もビルの持主も、あまりここには姿を現さない。淵田にとって、ここは恰好の隠れ家であった。

淵田はスポーツバッグの中に爆弾のセットを入れると、階段を一気に降りて道路に出た。ここから例の北方のいるマンションまでは、三百メートルぐらいだ。北方は泊まらずに帰る場合は、車を残している。その車が止まる位置もいつも決まっている。マンションから五十メートルほど離れた、路地を入ったところだ。北方は戻る際は部屋から車に電話し、車をマンションの入口に横付けさせてから、タイミングよく出てくる。そこを襲うという手もあった。しかし、万一取り逃がしたら、もう二度とチャンスはなくなる。それよりも確実なのは、車に爆弾を仕掛けることだ。

思ったとおり、車は路地に止まっていた。運転手はエンジンをかけて軽くアイドリングしながら、音を小さくしたラジオを聞いている。そのことを確認すると、淵田は急いで遠回りをして車の後ろ側に回った。バックミラーで見られないよう、曲がり角を出る時に体を地面に伏せた。淵田は匍匐《ほふく》前進の要領で進み、うまく車の下にもぐり込んだ。

爆弾はプラスチック爆弾で、大きさは弁当箱ぐらいしかないが、破壊力は強烈である。これをいつも北方の座る座席の真下に仕掛け爆発させれば、まず間違いなく命はない。

淵田はバッグのファスナーを開け、中から爆弾を取り出すと、左側後部座席の下に接着剤で張りつけた。なおも念のために、その上から黒いガムテープを張ってしっかりと固定した。

(時限爆弾にしなくてよかった)

淵田は思った。初めは時限爆弾にしようと思ったのだが、時限爆弾は爆発するタイミングが難しい。というよりも、タイミングが合わなければ北方を殺せないし、下手をすると北方以外の人間を殺してしまう可能性すらある。そこで、リモコン形式の爆弾に切り換えたのだ。これは、掌《てのひら》にすっぽり入る小型発信器で電波を発信すれば、爆弾の起爆装置が動き、爆発するというものである。これならば、北方一人が乗っている時を狙えばいい。

しかし、一度仕掛けてしまった以上、車の点検などの折に爆弾が発見されてしまうかもしれないから、実行は急ぐ必要があった。おそらく、チャンスは今晩だ。

できれば、運転手は巻き込みたくなかった。もっとも、この程度の爆弾なら、ピンポイント的に北方だけを殺すことも不可能ではない。

淵田は車の下から再び匍匐前進で出ると、角を曲がり切ってから立ち上がった。運転手に気づかれた様子はない。あとは、どこかで北方が出てくるのを待てばいい。隠れ家に戻るわけにはいかなかった。あそこは遠すぎる。発信器の電波が届かない。このあたりは住宅地で、喫茶店もコンビニもない。下手に路上をうろついていては、人目にもつくし、何よりも怪しまれるかもしれない。

(さて、どうするか)

淵田はしばらくそのことを考えた。

55

「峻が行方不明なんです」

真実子は青い顔をして、富沢警部のところに駆け込んでいた。

「行方不明?」

富沢は深く腰掛けていた椅子から身を起こすと、眉を顰めて言った。

「行方不明というのは、どういうことです?」

「今夜、食事の約束をしていたのに、いつまでたっても来ないんです。携帯電話にも出ないし、マンションにもいないし、車もないし」

「それは、どこかで引っかかっているんじゃないですか」

富沢は笑って言った。

「男のことだから、ガールフレンドには言えないこともあるのかもしれない」

「違います」

真実子は断固として言った。

「こんなことは一度もなかったし、それに気になることがあるんです」

「気になること？」

「ええ。彼は、ちょっと調べ物があるからと言っていたんです」

「調べ物？　何の調べ物だね？」

「それがはっきりは言わなかったんですけれども、事件の真相に迫れる大きな手掛かりだって言っていました」

「それほどの大きな手掛かりなら、どうしてこちらに知らせてくれないんだ」

富沢は苦々しい思いで言った。

「知らせたかったんでしょうけれども、まだ海のものとも山のものともわからなくて、警察は動けないんじゃないかって言っていました。私もそう言ったんですよ」

「そうか。それならやむを得ないとはいえ、行き先ぐらい明かしていてくれれば、こんなに心配することもないだろうに」

「とにかく、探していただけません？　緊急なことだと思うんです」

真実子は、富沢を拝むようにして言った。富沢は頷いた。

「わかりました。とりあえず、彼の車を探してみましょう。そんなに台数のある車じゃないから、ひょっとしたら見つかるかもしれない」

その予感は当たった。峻の車は一時間ほどして、都内の港区麻布近くの路上に放置されているのが見つかった。駐車違反で、すでにステッカーが貼られていたのである。富沢は周囲の状況から、峻が何らかの形で失踪《しっそう》したのだと判断せざるをえなかった。

（まずいことになった。無事であればいいが――）

富沢は口には出さなかったが、峻の安否を気づかっていた。

56

峻は何とか脱出しようと、先ほどから体を縛っているワイヤーロープをコンクリートの床に何度も擦《こす》りつけていた。これが布やナイロンなら、もう少し早く何とかなったかもしれない。摩擦熱を起こすことによって、より作業が早くなるからだ。しかし、文字通り筋金入りのワイヤーロープはなかなか切れなかった。大声を出して助けを呼んでもみたが、どうやらこのあたりには誰もいないらしい。

（早くしないと、また犠牲者が出る）

とにかく、淵田が誰かを殺そうとしていることは明確だ。誰かはわからないが、爆弾などを作るところを見ると、よほどの大物か、あるいは大量殺人を目指しているのだろう。普通の相手だったら、淵田ほどの武道の腕があれば何とかなるはずだからだ。それを考えると、峻はいてもたってもいられなかった。早く何とかしなくてはならない。

もう三時間もコンクリートの床に擦りっぱなしなので、腕が痺《しび》れてきたし、ところどころ激痛もした。しかし、やめられない。とにかく、まず自分とボイラーのパイプを結び付けている部分だけでも切って、何とか立ち上がってドアのところまで行かねばならない。峻は痛みをこらえてロープを擦り続けた。

それから一時間もして、ようやくロープが三分の二ほど切れたので、峻は渾身《こんしん》の力を込めて立ち上がろうとした。何度か叩きつけられたが、三度目にようやく、ブチッという大きな音がしてロープが切れた。まだ手は後ろ手に縛られたままだが、立ち上がることは何とかできた。

峻は急いでドアのところに行った。ドアには鍵がかかっていた。

（くそっ、これではどうしようもない）

峻は焦《あせ》った。何とか外との連絡をとらねばならない。

ふと振り返ると、ドアとは反対側の部屋の壁の上に、明かりとりを兼ねた通気孔が見えた。通気孔と言っても、小さな金網がはまっているだけで、外と空気はダイレクトにつながっているらしい。

（そうだ）

峻の頭にうまいアイデアが閃《ひらめ》いた。

峻は腕のロープを解くためにと、今度はボイラーの鉄パイプにワイヤーロープを擦りつけ、鑢《やすり》のようにして削り取ろうとしていた。摩擦熱ですぐに熱くなって火傷《やけど》しそうになる。その度に激痛を堪《こら》え、何度か休むことになるのだが、それでも二時間ぐらい熱心にその作業を続けた。

幸いにも、淵田はまだ戻ってこない。あるいは、このまま戻ってくるつもりはないのだろうか。それにしても、淵田が戻ってきたら、すべては終わってしまう。殺さないと言っていたが、保証のかぎりではない。それまでに何とかしなければならない。だが、この部屋は頑丈なドアに外から鍵がかけられており、破ることは難しい。しかしながら、一つだけ外と連絡をとる方法があった。そのためには、まず手を自由にしなければいけない。

二時間後、峻はようやく手のロープを解くことに成功した。痛みのあまり、しばらく両手を床について荒い息をしていたが、気を取り直すと、峻はヒップポケットから携帯電話を出した。もちろん、ここは地下室だから電波は届かないのだが、あの小窓からアンテナを差し出せば何とか届くはずである。

峻はボイラーをよじ登って通気孔の下に出ると、拳で通気孔を突き破った。ガチャンという音がして、二十センチ四方の金網が下に落ちた。峻が顔を覗かせると、コンビニエンス・

ストアの看板が少し離れたところに見えた。もちろん、地上ぎりぎりの高さだから全体が見えたのではない。しかしながら、見覚えのあるコンビニエンスのチェーンのマークと、「上《かみ》野毛《のげ》」という文字が見えた時、峻はしめたと思った。あとは電話をするだけだ。

峻は富沢警部の番号を押してみた。そのプ、プ、プッという発信音がしている間が、峻にとって最も長い時間であった。電話はつながった。峻はほっとして、気が遠くなりそうになった。

57

「とにかく無事でよかったよ」

病院のベッドの上にいる峻に向かって、富沢はほっとしたように言った。峻は両手首に包帯を巻き、ベッドの上に半身を起こしていた。

「ありがとうございます。お蔭で助かりました」

「本当に、どうなることかと思っちゃったわ。心配したのよ」

付添いの真実子が、この日何度目かの文句を言った。

「まあ、そう言うなよ。こっちもひどい目にあったんだから。これだけの怪我《けが》で済んだのは、不幸中の幸いさ」

峻はぼやくと、富沢に向かって、

「ところで、淵田のやつは見つかりましたか」

「いいや」

残念そうに、富沢は首を振った。

「まだ見つからない。君の言ったバイクも手配してみたが、未だに情報は入っていない」

「早く見つけてくださいよ。やつが時限爆弾を作っていたことは事実なんですから。おそらくどこかに仕掛けたか仕掛けに行ったか」

「問題は、どこに仕掛けたかだな」

富沢は言った。

「ええ。それで、一つ気になっていることがあるんです」

「何だね？」

「あのビルですけれども、どうして淵田が隠れていることができたんですか」

「ああ、それか」

富沢は警察手帳を取り出すと、

「なんでも、あそこは契約のトラブル等があって、テナントビルとして開業するはずだったのだが、途中で潰《つぶ》れたそうだ。未だに問題が解決されていないので、いわゆる廃墟同然になっている」

「だから、彼はあそこを隠れ家にしたのでしょうか」

「うん？　どういうことだね？」

富沢は手帳を閉じて、峻を見た。

「なぜ、あそこなのかということが気になるんです。ひょっとして、彼にとって何か有利な場所だったんじゃないでしょうか」

「有利な場所と言うと？」

「例えば、その、標的《ひょうてき》が近くにいるとか」

「標的がねえ。しかし、あのあたりには、例えば淵田が狙いそうな重要人物の家とかマンションとかはないのだが」

「確かですか。例えばウエスト・リゾート関係者、あるいはそれこそ政治家の何ていいましたっけ？」

「北方与市か」

「そうです。その北方与市という佐賀県出身の大物代議士の周りを、淵田がうろついていたんでしょう。だとしたら、淵田があそこに隠れ家をわざわざ構えたのは、何かそれと関連があるんじゃないでしょうか」

「うん、考えられるな」

富沢は頷くと、

「確かに調べたかぎりでは、あそこに公式の記録に載ったものはなかった。例えば家とか研修所とか、そういった類いのものだね。しかしながら、人目をはばかるような場所を持っているということは考えられるからね」

「人目をはばかる場所って何?」

真実子が言った。峻と富沢は顔を見合わせて苦笑いすると、

「その、つまりだね。プライベートなことさ」

「だから、プライベートって何よ?」

真実子は口を尖《とが》らせた。

「いやあ、それは例えば奥さん以外の女性とかね、そういうことですよ」

富沢は苦笑いしながら言った。

「ふーん。そういうものがあるんだ」

「まあ、代議士連中はめずらしいことじゃありませんな。とにかく、調べてみましょう。ただし、この調べはちょっと難しいかもしれません。本人が警備部にも秘密にしているとなると、なかなか暴《あば》きたてるのは」

「ただ、一つ不思議なことは、なぜ昨日のうちに爆弾事件が起こらなかったかということなんです」

峻は言った。

「淵田はぎりぎりまで待っていて、それから出かけたんです。だから、おそらく短時間のうちに犯行を行うはずだったに違いありません。それなのに、なぜ昨日のうちに爆弾事件が起こらなかったのでしょう。そのことがわかれば、淵田が誰を狙っているかもわかるんじゃないかと思うんです」

峻はまだ傷が痛むのか、顔を顰《しか》めてチラリと包帯を見た。

58

　淵田はいったん北方与市をマークするのはやめて、都内の別の隠れ家に戻った。昨晩は泡を食った。北方が出て車に乗り込んだところを狙ってスイッチを押そうと待ち構えていたところ、突然、パトカーのサイレンがあたりに鳴り響き、にわかに騒がしくなったのだ。こうなっては、待っているわけにはいかない。淵田はいったん退《ひ》かざるをえなかった。退くと言っても、北方の車は単なるハイヤーではなく自家用であり、運転手も自前で雇っているから、チャンスは必ずある。

　問題は、昼の公式日程の場合はＳＰが警護について、なかなか北方の周りに近寄れないということだ。淵田自身、指名手配を受けている身だから、あまり近づくと逆にこちらの身が危ない。とりあえず、昼間は危険だった。

　淵田が今考えているのは、夜の闇に紛《まぎ》れて近づこうということである。北方の行きつけの料亭や銀座のクラブなどは調べがついている。もちろん、ＳＰもそういうところではかなり用心しているだろうが、雑踏の中で発信器のスイッチを押すチャンスをうかがえば、それほど難しいことでもない。

とりあえず、今は休養をとろうと淵田は思った。まだ日は高い。北方が本拠にしている党本部を出るのは、夕方のはずである。今日はおそらく、ウエスト・リゾート創立五周年のパーティに出るはずだ。その帰りを狙おうと、淵田は考えていた。

その五周年記念パーティには、親会社の西岡コンツェルンの西岡会長も来る。北方も今回は、愛人とのデートを優先して公式日程をすっぽかすようなことはないはずだ。もちろん、すっぽかすつもりならすっぽかすで、対応のしようはある。むしろ、そのほうがこちらには好都合だ。

(いずれにせよ、北方、お前の命は今夜限りだ)

淵田は目覚ましをセットすると、カーテンを引き部屋の中を真っ暗にして、毛布をかぶった。

59

峻はその日のうちに退院した。

「大丈夫? まだ入院していたほうがいいんじゃない?」

「そんなことはないよ。もともと、この怪我を除けば——」

と、峻は両手を前に出して包帯を見せて、

「たいしたことじゃなかったんだ。ちょっと疲れていただけさ。一晩ぐっすり寝て、疲れはとれたよ」

「で、これからどうするの？」

「もちろん、淵田の奴をふん捕まえる」

「できるの、あなたに？」

「さあ。正直言って、できるかどうかはわからない。だが、僕は奴の犯行は阻止せねば」

「どうやって阻止するのよ？」

「やはり、奴の狙いは北方だと思うんだ」

「北方与市？」

「そう」

「どうして、そう思うの？」

「だって、他に考えられないじゃないか。北方の周辺をうろついていたそうだし、これまで、淵田は明らかに丹前山古墳を守るという立場で動いている」

「そう言えるかしら。だって、森原所長殺しは、むしろ丹前山古墳について敵対しようと思ったのかもしれないわよ」

「敵対って、どう敵対するんだ？　所長一人を殺したところで、丹前山古墳がどうこうなるわけでもない」

「でも、それなら殺す理由がないじゃない？」

「だから、何かあったんだ。もともと最初に田口さんが殺されたのもそうだし、森原所長も、そして冬沢という男が口をふさがれたのも、全部一つの仮説を考えれば成り立つ」

「仮説って何？」

「あの丹前山古墳が贋物《にせもの》だっていうことさ」

峻の言葉に、真実子はまじまじとその顔を見つめた。

「本気でそんなことを考えているの？」

「ああ」

「鏡が贋物だっていうのはわかるわ。でも、あの石棺も金印も古墳も全部贋物だっていうの？」

「その可能性はあると思っている」

「でも、じゃあ誰がそんなことをするわけ？」

「それはわからない。理由もわからない。だけど、それを誰かがしているんだと思う」

真実子は混乱した考えをまとめようとしばらく黙っていたが、やがて口を開くと、

「でも、それだとどうしても一つわからないのは、なぜ北方は命を狙われなければいけないの？」

「それは、丹前山古墳の土地が荒らされるからさ」

「だって、あの古墳、贋物なんでしょう？　贋物だったら、壊されようと何されようと平気じゃない」

真実子の言葉に、峻は黙り込んだ。

「そうでしょう。そのところが矛盾《むじゅん》すると思わない？」

「確かに矛盾するな。でも――」

「でも、何よ」

「淵田は北方を狙っている、と思う」

「それ、推理？」

「推理というより、勘だな」

「そんなもので動いて、大丈夫なのかしら」

「とにかく、これから行ってみよう」

「どこへ？」

「ホテル・ウエスト・リゾート東京さ」

「なぜ？」

「今日あそこでウエスト・リゾート創立五周年のパーティが開かれる」

「五周年？」

「そう。子会社だからな、歴史は短いが、もちろん西岡グループのバックアップがある。当然、西岡会長も出る。北方与市も出るだろう」

「そこを淵田は狙うっていうわけ？　爆弾で？」

「そうだよ」

峻は頷いた。

「もしそうだとしたら、犠牲者がたくさん出るじゃない」

「そう。だからこそ、防がなきゃいけないんだ。これから行って、あのホテルの客になろう」

「客に？」

「それが、ホテルを見張るいちばん確実な方法だ。そして、淵田が出てきたら、直ちに警察に通報すればいい。僕は、淵田の顔はよく知っているからね」

「じゃあ、私も行くわ」

「えっ？　君は危ないからよしなさい」

「冗談じゃないわよ。あなた一人でいたから捕まったんじゃない。二人でいれば、その心配ないかもよ。部屋はツインをとって」

「やれやれ、遊びに行くんじゃないんだけどな」

峻はぼやいた。

60

パーティは華やかだった。創立五周年という比較的歴史の浅いお祝いであるにもかかわらず、都内の一流ホテルに千人も入る宴会場を借り切って、招待客も多彩な顔ぶれだった。政治家、実業家、芸能人、スポーツ選手、人気のテレビタレントも何人かいた。

立食式パーティで、会場の中央には巨大な氷の彫刻が置かれてある。西岡グループを象徴する鳳凰《ほうおう》の彫刻である。その周囲には、日本料理、西洋料理、中国料理のあらゆる種類のオードブルが並べられ、宴会場の壁沿いには寿司、天麩羅《てんぷら》、ローストビーフ、中華点心、七面鳥の丸焼き、フォアグラといった特別な食べ物を提供する出店が並んでいた。

峻はパーティ会場のほうに歩いていった。ガードマンが立って、あたりを監視している。

真実子は峻の袖を引いて、ささやくように言った。

「ねえ、大丈夫なの？　入れるの？」

「入れるさ。ただし、僕一人だけだが」

「どうやって入るのよ」

「手品の種はこれさ」

と、峻は左肩にかけている一眼レフカメラを持ち上げて見せた。

「じゃあ、君は危ないから離れて」

「駄目よ、私も一緒に行く」

「それこそ駄目だよ。招待状のない人間は入れない」

「でも、あなただって持っていないでしょう」

「しっ。声が高いよ。どうやって入るか、そばで見ていてごらん」

峻はそう言って、真実子の肩を押さえつけるようにして、そこへ止めた。真実子は仕方なく、そこから峻の動きを見守っていた。峻はツカツカと受付の中の報道関係者というところに歩み寄ると、ポケットから名刺を取り出した。

「本日はおめでとうございます」

名刺を受け取った受付の女性は、それをチラリと見て確認した。そこには、新聞社の名前と社会部記者の肩書があった。

(許せよ)

峻は心の中で友人に詫びていた。それは、友人の社会部記者から貰った名刺だ。本物なのだから、電話で照会されてもばれる気遣いはない。もっとも、本人がその場にいれば別だが、社会部記者は外出していることが多いから、まあ大丈夫だろうと、峻はたかをくっていた。

もう一つ問題なのは、身分証明書を見せろと言われることだが、この点も大丈夫だろうと峻は考えていた。これが特別なパーティや、治安上何らかの問題があるものなら話は別だが、今のところ、北方与市が狙われているということは伏せられていたし、企業のプレゼンテーションを兼ねたパーティでは、記者証を見せろなどと言われることは少ない。記者の心証を悪くしてもつまらない、と企業側が考えるからだ。案の定、受付係は峻の名刺を見ただけで、あとは何も要求しなかった。

「これをどうぞ」

受付係はパーティの正式な客であることを示す、プラスチック製の定規についた造花のバラを差し出した。これを胸のポケットに差すのだ。バラの色はそれぞれ違っている。報道関係者は黄色のバラらしい。峻はそれを胸に差すと、チラリと真実子のほうを見てウインクすると、大股で会場のほうに入っていった。

中は客でごった返していた。すでに主催者の挨拶《あいさつ》は終わったらしい。今は「では、しばらくご懇談ください」の時間だ。もっとも、この時間は最初のうち客は食べ物に殺到する。パーティ慣れした客は、フォアグラとかキャビアとか出品量の少ない高価なものへとまず歩みを進めるが、普通の客は寿司や焼きそばや天麩羅といった主催者側にとっては、むしろ「得な」料理のほうへ殺到する。まず腹を満たしてしまおうと、誰もが考えるからだ。峻はそういうパーティの流れはよく知っていたから、そちらのほうには加わらず、あたりをじっと眺めた。

(淵田はいるか)

それが問題だった。北方与市はまだ来ていないが、このパーティには必ず出席するはずだ。もし、人に紛れて襲うとしたら、満員でごった返しているこのパーティほど、恰好な場所はない。

峻は注意深く、しかし自分は目立たないようにパーティ会場を一周した。そして、今度は逆回りで一周してみた。淵田はいなかった。念のためにウェイターたちにも目を配ったが、淵田の変装と思える人間はいない。招待客の他にはウェイターと、あとは女性のコンパニオンが十数名いるだけである。コンパニオンは妙齢の女性だから、いくら淵田でも化けられるはずはない。

(どうするつもりなんだ、やつは?)

峻は焦った。間もなく富沢警部たちも到着して、入口やこのパーティ会場に到る通路などにも目立たなく刑事を張り込ませる手筈《てはず》になっているが、それにしても、淵田はいつどこで現れるかわからないのである。

それとも、この中に時限爆弾を仕掛けたのだろうか。峻はぞっとした。淵田は時限爆弾を作っていた。それを仕掛けたということも考えられるのである。だが、このパーティ会場の中で特定の人間をピンポイントのように殺すことができるだろうか。あいつは、「無駄な人殺しはしない」と言っていた。それが暗殺者としての矜持《きょうじ》ならば結構なことだが、もし淵田がその主義を捨てて、何が何でも北方を殺すことだけを優先させたら、このあたりは阿鼻叫喚《あびきょうかん》の修羅場となるだろう。

それにしても、本当に時限爆弾を使うつもりなのだろうか。峻はむしろ、淵田がこの場に現れて、直接北方を狙うような気がしてならなかった。確かにSPがついている北方を狙うのは難しいが、もしやるならば、この人込みの中でしかない。時限爆弾というのは、爆発する時間が限定されるが故に、特定の人間を倒すのには極めて難しい手段であるとも言える。そこのところをどうするつもりか。峻が焦っているのは、そのことに関する淵田の意図が読めないからであった。

61

そのまま三十分ほどの時間が過ぎた。パーティ会場に富沢が入ってきた。峻は後ろから近づいて、そっと肩を叩いた。富沢はびっくりして振り返った。

「やあ、君か」

「どうです、淵田はいましたか」

「いや、いない。このパーティ会場の中はどうだね?」

「僕もさっきから何度も回っているのですが、それらしい男はいません」

峻は答えた。

「まさか、ここで時限爆弾を爆発させようというのじゃないだろうな」

富沢は顔を歪《ゆが》めて言った。

「いえ、そんなことはないと思います。しかし、念のために伺いますけれども、北方さんがここに来る時間は決まっているんですか」

「一応、主催者のほうに尋ねたら、あと十五分で来て、五分間挨拶をして、直ちに退出なさるそうだ」

富沢は皮肉まじりの口調で言った。

「それは危ないですね」

「危ない？」

「そうですよ。もし、その日程がばれていたとしたら、時限爆弾をその時間に仕掛ければいいということになりますから。例えば演壇の下に」

「今、ウェイターの格好をした男が演壇のマイクを調整しているだろう」

富沢は小声で言った。

「ええ」

峻はそちらのほうを見た。確かに、ウェイターがマイクや演壇のあたりを調整しているように見えた。

「あれは爆発物処理班だ。チェックしてもらっている。もちろん、ここへ入って北方代議士が動きまわりそうな場所は、すべてだ」

「そうですか」

峻はひと安心した。それならば、まだこのパーティ会場で爆弾が爆発する可能性は少ない。

演壇を点検していた男は、富沢のほうにそっと頷いてみせると、ゆっくりと立ち去った。

「どうやら、なかったみたいですね、爆弾は」

峻も小声で言った。

「そういうことだな」

しかし、西岡グループとの深い関係から言って、北方がここへ来ることは間違いない。問題はそこのところをあの男がどう考えているかだ。

瞬《また》く間に時間は過ぎた。司会者が壇上にあがった。テレビ番組のキャスターとして名が知られている男である。男はマイクのところに歩み寄ると、大声で叫んだ。

「皆さん、北方与市先生が、忙しい日程を割《さ》いてお見えになりました。どうぞ、拍手をもってお迎えください」

一同の視線が、入口に向かって集中した。北方は秘書とSP二人を引き連れて、あたりを睥睨《へいげい》するように現れた。印象としては、巨大な牛がのっしのっしと歩いてきたような感じであった。北方はパーティ会場の中央を突っ切るようにして壇上に上がり、司会者から渡されたマイクを握った。

「皆さん、北方与市です。今日は本当におめでとうございます」

北方の挨拶は、とりたてて印象に残らない型通りのものだった。峻は挨拶を聞くどころではなかった。何しろ、チェックは済ませたとはいえ、この瞬間に爆弾がどこからか投げられるかもしれないのである。峻は全身を針ネズミのように緊張させて、あたりを見守った。

北方は挨拶が終わると、さっさと壇上を降り、また同じように秘書とSPを引き連れて外へ出ていった。その後を追う富沢に続き、峻も会場を出た。玄関には黒塗りの車がつけられており、北方はそれに向かって早足で歩いていった。

（どうしたんだ――?）

峻は不思議でならなかった。

この会場こそ絶好の機会のはずなのである。

北方はここへは必ず来るはずだったし、現にやって来た。

確かに大勢の人間の目はあるが、これだけ人が多ければ逆に目立たない。暗殺者にとっては願ってもない場だ。

(淵田は、やはり爆弾を使うつもりなのか)

峻はもう一度考えてみた。

直接襲うのではなく、爆弾を使うのだとすると、肝心なことは北方の位置が確定されることだ。そうでなければ、意味がない。

しかし、パーティ会場の中には、爆弾は仕掛けられていなかった。

(もともと無理だったんだ。必ず会場はチェックされる。そういうところじゃなくて北方が必ずいるところといえば――)

峻はその瞬間に気がついた。

「警部、あの車だ!」

「何だって?」

「車ですよ。車には彼が必ず乗るはずでしょう。乗る以上、あそこに爆弾を仕掛けておけば確実だ!」

峻が大声で叫んだので、SPたちがびっくりしてこちらを見た。北方はすでに車のドアの三歩ぐらい前に近づいていた。

「北方さん、その車に乗ってはいけない！」

峻は大声で叫んだ。北方が峻のほうを振り返った。その瞬間だった。大音響がして、車の後部座席の下が爆発した。北方は爆風で吹き飛ばされ、峻もショックを避けるために、慌てて通路に屈み込んだ。

北方与市は、すんでのところで命を取り留めた。爆風で吹き飛ばされたが、体を地面に叩きつけられただけで、大きな怪我は負わなかった。

峻は油断していなかった。北方の命が助かった以上、次の攻撃があるかもしれない。その予感は当たった。爆風の中、みんなが一瞬放心状態にある隙を狙って、黒い影が粉塵の中を北方に近づいた。峻は大声で叫んで、そちらに近寄った。

「危ない。そいつが犯人だ！」

その声に、SPたちが駆け寄った。淵田は匕首《あいくち》を持って北方を刺そうとしていた。しかし、すんでのところでSPたちに取り押さえられた。

「放せ」

淵田は暴れたが、一対一ならともかく、何人ものSPに体を押さえられては、さすがの淵田もどうしようもなかった。もがくその右手から匕首が落ちて、乾いた金属音をあたりに響かせた。北方は腰を抜かしていた。

62

「いい加減に白状しないか。すべて、お前のやったことだということはわかっているんだ」

警視庁の取調室で、岡田は完全黙秘を続ける淵田にほとほと手を焼いていた。つい声を荒らげてしまう。淵田は捕まってから五時間も、まったく喋《しゃべ》ろうとしないのである。

「いい加減にしろ。お前にかかっているのは、北方与市代議士殺害未遂容疑だけじゃないんだ。わかっているだろう」

だが、淵田はきっちりと口を固く閉ざしたまま、前を見つめたきりで何も言わなかった。普通は完全黙秘といっても、雑談ぐらいには応じるものだが、まるで過激派の確信犯のように淵田は口を閉ざしている。岡田も、こんな頑固な犯人に会うのは初めての経験だった。

「どうも困ったよ。何も喋ろうとしないんだ」

「完全黙秘ですか」

峻の言葉に、富沢は頷いた。

「近頃、めずらしいよ、こんな強情な奴は。岡田も言っていたが、まるで過激派みたいなんだ」

「つまり、イデオロギーに忠実な、革命志向っていうことですか」

「そういうこと」

「公安じゃないんだから、そんな犯人をわれわれは相手にしたことはないんだがね。まあ、淵田もそのうち喋るだろうが」

「さあ、それはどうでしょうか」

峻は首を傾げてみせた。

「なぜ？」

それまで黙っていた真実子が、口を挟んだ。

「うん、それはね。おそらく、あの男は信者だからさ」

「信者？　いったい何の信者だ？」

「巫《かんなぎ》のですよ」

「巫？」

富沢は、耳慣れぬ言葉に眉をひそめた。

「そう。どうも彼は、その女性に操《みさお》を立てているらしい」

「というと、恋人関係かね？」

「いや、そんなもんじゃないでしょう。むしろ、女王さまとして崇拝していると言ったほうが、正確かもしれない」

「じゃあ、その女王さまに迷惑が及ぶかもしれないというので喋らないわけか」

「そうだと思います」

「しかし、そんな馬鹿なことがあるのかね」

富沢は、まだ信じられないような様子だった。

「僕が何とかしましょう」

峻が自信を持ってそう言ったので、富沢も真実子も不思議そうに峻を見た。

63

「ねえ、なぜあんなことを言ったの？」

峻の運転する車の助手席に座っていた真実子は、聞きたくてたまらなかったことを尋ねた。

「つまり、その女王さまに会って、ちゃんと配下の者に対して自白するように頼めばいいと思ったのさ」

「そんなことできるの？」

「できるかできないかは、当たって砕けろっていうやつだな。これからそこへ行く。君は、この先の駅で降りるんだ」

峻は断固として言った。

「馬鹿言わないでよ。また、危険な目にあったらどうするの？」

「危険な目にあわせたくないから、降りろと言っているのさ」

「いや、絶対に行く」

「やれやれ、強情だな。とにかく、一人のほうがいいと思う。二人で行ったら、たぶん彼女は会ってくれないよ」

「どうして、そんなことがわかるの?」

「何となく。ただの勘さ」

「じゃあ、その勘が正しいかどうか、私に証明してよ」

「どうやって?」

「簡単よ。このまま連れていけばいいでしょう」

峻はしばらく考えていたが、

「わかった。じゃあ、とにかく近くまで行くけど、君はたぶん留守番していることになると思うよ」

峻は、車を麻布の「女王」の屋敷に向けた。この前、車を止めたのと同じところに車を駐車し、峻は真実子を伴って外に降りた。とっくの昔に日は落ち、あたりは都心とは思えないほど暗い。真実子は体を震わせて、峻にすがった。

「何か、嫌な感じね、このあたり。東京じゃないみたい」

「だから、言ったじゃないか。この先に私道がある。ちょっとした森を突き抜けると、お屋敷だ。例のね」

峻はまっすぐ歩いていくと、屋敷の鉄門のところまでたどり着き、ゲートについているインターホンを押した。最初は返答がなかった。二度目を押したが、まだ返答がなかった。三回目を押した時に、初めて返答があった。男の声だ。

「お引き取りください」

若くはなく、老人の声だった。いきなり言った。峻はインターホンに口を近づけるようにして、

「こちらのお屋敷の女主人にお会いしたい」

「主人は誰ともお会いいたしません」

声はにべもなく言った。

「それは知っているけど、今回は例外だ。淵田勤という男が北方与市を殺そうとして捕まったが、何も喋らない。このまま放っておいていいはずがない。この件については、もうすでに何人もの人が死んでいるんだ。知らぬでは済まされないと思うよ」

「あなたは脅迫するつもりですか」

インターホンの声は言った。

「違う。そうじゃなくて、話し合いたいと言っているんだ。取り次いでくれ。取り次いでくれたうえで駄目だと言うのならば、今日は引き上げる」

しばらく沈黙があった。どれぐらい経っただろう。五分だろうか、十分だろうか。とにかく、わりあいに長い時間だった。インターホンが鳴った。

「どうぞお入りください。ただし、あなた一人で」

峻は振り返った。

「ほらね。じゃあ、行くよ」

「でも、私も」

「駄目だよ。君が来たら、ここの主人は会ってくれない。それでは、何もかも水の泡だ。僕の車で待っておいで。もし一時間たって戻らなければ、警察へ電話すればいい。じゃあ、行ってくる」

扉がぎいーっと大きな音をたて、自動的に内側に開いた。峻は中へ入った。入ると同時に、再び大きな引きずるような音がして、門は閉まった。峻が振り返ると、鉄柵の間からこちらを心配そうに見ている真実子の姿が見えた。

「大丈夫だよ。じゃあ、車に戻っておいで」

峻はそのまま進んだ。両側は芝生で、その中を突き抜ける煉瓦の歩道があり、百メートルほど行ったところに車寄せのある大きな玄関があった。玄関のノッカーを叩くと、下の覗き窓が開き、こちらを見た。

「お名前は、永源寺峻さまでしたね」

相手はやはりこちらの名を知っていた。

「そうだよ」

答えると、扉がまた内側に向かって開いた。峻は中に入った。

中は、英国の古城の一室のような造りだった。高い天井からはシャンデリアが下がっており、螺旋《らせん》状の階段が二階に続いている。床には、渋い色彩の高価そうな絨毯《じゅうたん》が敷きつめられている。そこに、執事のようなスタイルをしたかなりの老人が立っていた。

「こちらへどうぞ」

峻はそのまま進んで、ホールのようなところに導かれた。両開きの扉を開けると、その奥に一段高い玉座のようなものがあり、その境は両開きのカーテンで覆われていた。

(まるで謁見室《えっけんしつ》のようだな)

実際、ここはそうなのかもしれなかった。巫は、ここで総理や総理の代理人と会うのだろう。

「こちらに跪《ひざまず》いてお待ちなさい。間もなくお見えになります」

老執事は言った。

誰が、と峻は聞きたいと思った。その彼女《ひと》の名は何というのか、峻は未《いま》だに知らない。跪いて、やや頭を垂れる姿勢で峻は待った。

やはり十分ぐらい待たされただろうか。突然、目の前の玉座のカーテンが左右にさっと開かれるのが見えた。

「面《おもて》を上げなさい」

頭上から声が聞こえた。峻が顔を上げると、そこには白一色の衣裳を着た若い女性が立っていた。髪は長く、切れ長の目に濃い眉《まゆ》をしており、顔の色はまるで抜けるように白かった。それに対し、唇は口紅を塗っていないようなのに、驚くほど赤いのである。

「あなたが永源寺峻ですね」

と、女は初対面なのに峻を呼び捨てにした。峻はむっとしたが、そのことは抗議せず、質問した。

「あなたのことをどうお呼びすればよいのです？　お名前は？」

「私は、名前を人には明かしたことはありません」

女は答えた。そして、微笑を浮かべると、

「人は私のことを、みこさまと呼びます」

「みこさま。みこはどういう字を書くのでしょうね。あの神社の巫女さんの巫女ですか」

「そんなことはどうでもいいでしょう。あなたが話があると言うから、私は出てきました。話とは、どういう話です？」

「失礼しました。淵田勤という男のことです。そして、丹前山古墳にまつわる殺人事件のことです」

「それが、私に関係があるとおっしゃるのですか」

「関係あるからこそ、会ってくれたのだと思います。淵田という男は、私の推理では、三人の人間を殺しています。そして、今日新たに一人を殺そうとしましたが、失敗し、警察に逮捕されました。しかし、未だに完全黙秘を続けていて、何も喋りません。もう、こういうことはやめにしたいのです。ですから、私がこうしてやって来ました」

峻は言った。

「あなたの推理とは、いったいどんなことなのですか」

「お話ししましょう」

　峻は立ち上がって、

「まず事件の発端は、田口という若い研究者が自宅のマンションで殺されたことでした。殺したのは淵田でしょう。その理由ですが、勤め先の森原考古学研究所から銅鏡を一枚持ち出したことによるものです」

「鏡を持ち出したことが、人を殺す理由になるのですか」

「なります。それは丹前山古墳の、いや、正確に言いましょう、丹前山に造られた贋《にせ》古墳から発見される予定だった鏡です。正確に言えば、その鏡一枚を基にして、残り九十九枚のレプリカが作られ、丹前山古墳は卑弥呼《ひみこ》の墓として偽装され発表される予定だったのです。ところが、そのことに気がついた田口さんは、おそらくその陰謀を阻止しようとした。そして、その証拠となる鏡を持ち出して、さらに証拠を集めようとして告発の準備を進めていた。それに気がついた淵田は、慌てて田口さんのところに侵入し、田口さんを殺し、鏡を奪ったのです。これが第一の事件の真相です」

　峻はその「女王」に向かって言い放った。

「第二の殺人事件ですが、森原考古学研究所の森原所長の殺人ですね。これは、少し手がこんでいました。淵田は一人の目撃者を雇ったうえ、森原所長のと同じベンツを手配し、そのナンバープレートを偽造ナンバーに入れ換えました。そして、それをつけた車で轢《ひ》き逃げをさせ、いや、轢き逃げをしたと見せかけ、結果として森原氏はその時間、九州にいたという、いわばアリバイを作ったのです。

しかし、そのアリバイはもちろん森原所長のためではなく、殺す側の淵田のアリバイを作るためのものでした。淵田はその日、山梨県の中央高速にある釈迦堂《しゃかどう》パーキングエリアというところで、正確に言えば、その近くにある考古学の展示館で、その事務長と共謀して森原氏を拉致《らち》し、近くで殺し、そしてそれから後、九州に運んで丹前山古墳に放置したんです」

「あなたの推理は矛盾があるわね」

と、女王は言った。

「どこがですか」

「まずおかしなことは、その田口を殺したのが淵田という男なら、そして、その動機があなたの言うとおりならば、森原考古学研究所はむしろ田口と敵対していたわけでしょう。森原研究所は、あなたの言う陰謀をやっていた主体なのだから、それをどうして、田口を殺してその陰謀の発覚を防ごうとしていた人間が、森原を殺す必要があるの？」

峻は微笑して、

「痛いところを突かれましたね。そこのところが、僕にも実はわからなかったのですが、今はたぶんこうだろうと思っています。森原所長は、最初はあなたの、そう、あなたの陰謀に付き合うつもりだったのですが、淵田が田口さんを殺すという暴挙に出たため、怖くなったんです。そこで、この一件から抜けたいという意思を示した。だからこそ、殺されてしまった。こう考えると、その森原所長の死体がなぜ丹前山古墳に運ばれたかということもわかります」

「どういうこと？」

「それは、警告だったんです。つまり、あれだけの陰謀が所長だけの意思でできるはずがありません。所員は全員協力していたはずです。協力させせたからこそ、田口さんという『裏切り者』が出たわけですからね。ところが、所長が率先してその陰謀から抜けようとしたために、慌てて淵田は所長を殺し、なおかつ、その死体を丹前山古墳の中に捨てることによって、もし今後逆らえば、お前たちもこういう目にあうぞと威嚇《いかく》したんです。それは、本来あなたの忠実な部下であるべき男の裏切りに対する処刑でもありました。これは僕の想像ですが、そもそも森原という男は代々あなたの家系に仕え、この秘密が明かるみに出ないようにカバーする役割りではなかったのか」

「なるほど、そう考えれば筋が通るというわけ？　でも、森原所長を殺したのが淵田ならば、そして、あなたの言うとおり、森原はその時刻に山梨県にいたとしたら、同じ時間に高原市で轢《ひ》き逃げ事件を起こしたベンツを運転していた男は、いったい誰なのよ」

「さあ、それはわかりません。ただ、これは共犯者と言っても、単に芝居をするだけの人間ですから、重要な役割ではありますが、代役を見つけられないことはなかったと思いますね。おそらく淵田の近いところにいる人間でしょう。淵田が自白すれば、その人間はすぐに判明する」

「砂上《さじょう》の楼閣《ろうかく》のような推理ね。それに、最大の疑問に答えていないじゃない」

女王は小馬鹿にするように言った。

65

「最大の疑問とは何です？」

「わかっているはず。あなたは、それを言わないで済ますつもり？」

「わかりました。つまり、こういうことですね。すべての発端《ほったん》は、あの丹前山古墳が卑弥呼の墓であるように偽装したという陰謀にある。これは何のためになされたことなのか。それを解明しない限り、この推理は根本から崩れるということでしょう」

「そう、あなたはそれがわかっているの？」

女王は、峻を睨《にら》みつけるようにして言った。

「わかっています」

峻は、その視線をいささかもたじろがずに受け止めた。

「あそこにある古墳は、偽装とは言いましたけれども、少なくとも石室のようなものを偽装で造るのは大変な手間です。ですから、何かしら実際にあった古墳を利用したものでしょう。しかし、その中にある卑弥呼の鏡や石棺は、すべて贋物だ。いや、正確に言えば、最初の一枚の本当の銅鏡を除いては、贋物です。あれは卑弥呼の墓というものを造り、あえて発掘させることによって、あのあたりの開発を防ごうと思ったんじゃないですか」

「なぜ、そんなことをするの？　私は今、ここに住んでいる人間だし、あのあたりの開発とは何の関係もない」

「そうでしょうか」

峻は実のところ、この推理には一〇〇パーセントの自信はなかった。しかし、ここまできたら、それを思い切ってぶつけるしかない。

「本当は、あのあたりにあなたたちの先祖が眠る一大霊地のようなものがあるんじゃありませんか。そして、おそらくは、鏡や他の遺物も本当にそこにある。つまり、本当の卑弥呼の墓があのあたりにあるからだ。そうじゃありませんか」

女王の顔色が変わった。峻は、自分の推理が当たったのを確信した。女王は必死に心の動揺を押し隠そうとしていたが、

「とんでもない浮世離れした推理ね。想像力だけは褒《ほ》めてあげる。だけど、そんなことが本当にあるのかしら」

「あると思いますね。あなたは、おそらく巫《かんなぎ》の継承者として、日本の国の本当の成り立ち

を知っているんじゃありませんか。そして、おそらく墓の位置も何があるのかもすべて知っていて、しかし、それをどうしても隠さなければならないからということで、淵田を使って、あの事件を起こしたんじゃありませんか」

「私は殺せとは言っていません」

「確かにそうでしょう。あなたは、そういうことになっては大変だと、あの古墳大偽造計画を作り上げただけでしょう。淵田が、その計画の破綻《はたん》を繕《つくろ》うために、田口さんを殺し、森原所長を殺し、そして目撃者として雇った冬沢まで殺したということは、確かにあなたの計算外だったかもしれない。そして、北方与市も、最初からその目的には入っていなかったのかもしれない。しかし、すでに三人の人間が死に、一人の人間が傷ついたんです。もう幕を引く時じゃありませんか。少なくとも淵田には犯した罪の大きさを悟らせ、潔《いさぎよ》く罪に服すように説得すべきじゃないでしょうか」

「あなたは、その説得を私に求めたいのね」

「そうです」

「でも、私はこの屋敷から出ることができません」

「なぜです？　あなたは自由の身でしょう。自分の意思で何事も決定できるんでしょう」

　峻の言葉に、女王は悲しげに首を振り、

「そうではないのです。私の意思や私の体は、私自身のものではありません」

「つまり、あなたを支配している人間がいるという意味ですか」

「いえ、そういう意味では、人間は私を支配することはできません。私を支配しているのは、先祖の御霊《みたま》です」

「じゃあ、せめて手紙でもいい、メッセージでもいい。淵田に送ってやってください。潔く罪を認め、包み隠さずすべてを自白するように」

「わかりました。それはお引き受けいたしましょう」

女王は大きくうなずいた。

そして、これで用が終わったと思ったのか、そのまままきびすを返そうとした。

「待って下さい」

峻は呼び止めた。

女王は動きを止めて、ゆっくりと顔を正面に向けると、峻の顔を見た。

無言のままである。

「秘密を公開されるお気持ちはないのですか?」

峻は言いたくてたまらなかったことを言った。

「秘密?」

女王はけげんな顔をした。

「そう、秘密です」

峻は重々しくうなずいた。

「何の秘密ですか?」

「とぼけないで下さい。あなたの家系にまつわる秘密、そして日本の成り立ちに関する秘密です」

「―――」

「あなたは、それを知っている。そうですね?」

「さあ」

女王は初めて微笑を浮かべた。

それは、まるで古都の大寺院にある仏像のような、蠱惑《こわく》的なものだった。

「――もはやお目にかかることもないでしょう。ごきげんよう」

そう言って女王は奥に消えた。

カーテンが左右から自動的に閉じられた。

「――お帰りはこちらでございます」

いつの間にか老執事がすぐ横にいた。

峻は夢を見ていたような気分だった。

(歴代の権力者も、あの微笑に心を奪われたのか――)

ふとそんなことを思った。

峻は館をあとにした。

66

「君のおかげだよ。淵田はすべて吐いたよ」

富沢は言った。

「あの『女王』のおかげですよ。ちゃんと事情聴取して下さいね」

峻は言った。そのために富沢に例の住所を教えてある。

富沢はそれを聞くと、当惑した表情になった。

「そこは、調べてみたんだが、政府の財産ということで、ここ十年ほど、誰も住んではおらんということだ」

「そんな馬鹿な。僕は、昨日行ってきたばかりですよ」

「馬鹿も何も、屋敷は封印されており、特別な許可がないと入ることができんということだ」

「そんなことがあるのでしょうか」

峻は首を振ったが、同時に、ありうることかもしれないなと思った。何しろ、あの女王にはこの国の最高権力者が味方についているかもしれないのだ。そうであれば、たいていのことはできる。

結局、丹前山古墳問題の最終解決は、石棺の開封を待ってからということになった。貴重な遺物が埋納されていると考えられている石棺は、慎重の上にも慎重を期し、三年後の開封を予定していた。その間、丹前山古墳周辺は史跡として開発禁止になることが定められた。

　時を同じくして、西岡グループがウエスト・リゾートを使って進めていた佐賀県の高原市周辺の大規模な開発が新空港建設をもくろんだものということがわかり、またも土建屋政治・金権政治の再来と、北方与市の政治姿勢も含め、厳しく叩かれることになった。結果的に、佐賀県に新空港や新首都を建設する計画は、いつの間にか沙汰止みとなった。女王が勝利を収めたのである。

「丹前山古墳が卑弥呼の墓ではないとすれば、本当の卑弥呼の墓はいったいどこにあるのだろうか」

　峻は、そのことが気掛かりだった。ひょっとしたら、女王だけが、その場所を知っているのかもしれない。

解説

清原康正

本書『魔鏡の女王』は、トレジャー・ハンター（宝探し人）永源寺峻《えいげんじじゅん》の鋭い洞察と推理が冴える長編歴史ミステリーである。一九九五年八月十三日から一九九六年六月九日まで「週刊読売」に連載され、一九九六年八月に読売新聞社から刊行された。一九九九年九月には実業之日本社からジョイ・ノベルスとしても刊行されている。

集英社文庫では、短編集『永源寺峻ミステリ・ファイル　マダム・ロスタンの伝言』、長編『卑弥呼《ひみこ》伝説』に続くシリーズ第三弾ということになる。

トレジャー・ハンターとは、財宝や埋蔵金の類《たぐい》を発見する手伝いをして、手数料をもらうという浮世離れした商売である。シリーズ第一弾では、「それでも結構注文はあった。ただしペイはしていない」と説明され、三十代半ばの永源寺峻は、「いくらか資産を持っており、その運用で生活には不自由していない」とも紹介されていた。

シリーズ第二弾の『卑弥呼伝説』で、永源寺峻は〝邪馬台国《やまたいこく》と女王・卑弥呼〟の謎に挑戦していた。邪馬台国の比定地の問題に始まり、卑弥呼の死にまつわる謎、邪馬台国と卑弥呼の読み方、倭国《わこく》の「倭」の意味、言霊《ことだま》信仰のこと、太陽信仰と天《あま》の岩戸《いわと》伝説との関連性、天《てん》孫降臨《そんこうりん》や神武《じんむ》東征などの伝説、出雲大社と宇佐神宮にまつわる謎、神功皇后《じんぐうこうごう》をめぐる謎などなど、日本の古代史の数々の謎を峻が解き明かしてくれ、古代史ファンならずとも、知的興奮とともに古代ロマンをも大いにかきたてられる熱気があった。

シリーズ第三弾の本書では、梅雨時《つゆどき》の東京から物語が始まり、永源寺峻は卑弥呼の銅鏡、卑弥呼の墓の謎に挑む。これらも考古学上の大きな謎である。

森原考古学研究所の東京事務所に勤務する田口直樹がマンションの自室で背中をナイフで刺されて殺されていた。田口は古墳時代の銅鏡の研究をやっていた。森原考古学研究所の本部は奈良県橿原市にあり、財団理事長は、鉄道、不動産からデパートなど流通面までを手がける大コンツェルン西岡グループの会長・西岡宏である。

第一発見者は、田口の婚約者・東海林《しょうじ》夕子で、田口が銅鏡を右腕に抱えていたのを見ている。だが、警視庁捜査一課のベテラン警部・富沢ら刑事たちが現場に到着した時には、その鏡は何者かに持ち去られていた。峻は富沢警部に卑弥呼伝説事件の時に世話になっていた。命を狙われ、富沢との連携プレーで何とか切り抜けたのだった。

夕子から死体が抱えていた銅鏡が消えたことを聞いた峻は、犯人はその鏡を奪うのが目的で現場に現れた、と推理する。峻の婚約者・中尾真実子《まみこ》は香道三阿流《さんありゅう》家元代理で、夕子の姉が三阿流の門弟だったことから、夕子はトレジャー・ハンターとして有名な峻に相談に来たのだった。夕子が見た銅鏡を確認するために、峻は三角縁神獣鏡《さんかくえんしんじゅうきょう》、方格規矩四神鏡《ほうかくきくししんきょう》、内行《ないこう》花文鏡《かもんきょう》の写真を見せ、銅鏡に関するレクチャーをしてやる。

邪馬台国の女王卑弥呼は魏《ぎ》の皇帝から百枚の銅鏡を下賜されたことが、『魏志倭人伝《ぎしわじんでん》』に記述されている。三角縁神獣鏡と呼ばれるもので、大和を中心に放射状にばら撒かれたような分布で各古墳から出土するために、邪馬台国畿内説、大和朝廷説の根拠となっている。だが、中国や朝鮮半島からの出土が一枚もないことから、日本国内で作られた鏡だとする説もあり、日本国内で日本人が作った一種の記念メダルのようなものとする説が妥当、と峻も考えている。

こうした形式で、読者も銅鏡に関する知識を得ることができ、シリーズの大きな特色ともなっている。因みに、峻も真実子も、邪馬台国九州説であることは、シリーズ第二弾の卑弥呼伝説事件の解明の中でも明らかにされていた。

佐賀県高原市の丹前山《たんぜんやま》古墳から銅鏡百枚が出土し、森原考古学研究所が、「卑弥呼の銅鏡を発見」と発表した。テレビのニュースを見た夕子は、それが田口の抱えていた鏡だと言う。丹前山古墳で発見された鏡は方格規矩四神鏡だった。

その丹前山古墳の周辺で、西岡グループの子会社が大々的な土地買収計画を強引に進めていることが分かる。高原市を地盤とする衆議院議員は、与党民進党の北方与市。当選十回のベテランの建設族で、首都移転懇話会の座長でもある。佐賀県首都移転論者である北方と西岡グループとは何か魂胆があるのでは、と峻は推察する。

研究所の所長・森原威一郎《いいちろう》の動きをチェックするために、峻は森原の黒塗りのベンツを追跡する。森原は山梨県の釈迦堂《しゃかどう》パーキングエリア駐車場の側にある建物「釈迦堂遺跡展示館」に入って行った。同じ頃に、佐賀県の丹前山古墳近くで轢き逃げ事件が起こった。被害者は高原市内で薬局をやっている冬沢で、車の持ち主は森原と分かり、免許証の写真照合から、運転していたのも森原だ、と証言した。

だが、同じ人間が、同じ車で、同じ時間に、別々の場所にいるはずがない。峻にとっても、不可解な謎が次々に出てくる。

森原が殺され、続いて冬沢も絞殺されてしまう。いっぽう、丹前山古墳の石棺の中身をファイバー・スコープで調査した結果、卑弥呼が魏からもらった「親魏倭王《しんぎわおう》」の金印が写し出され、世紀の発見と大騒ぎとなった頃、警視庁の捜査線上に一人の男が浮かび上がってくる。古墳から発掘された鏡のサンプルが科学的に分析され、銅の成分は紛れもなく古代のものと判明。少なくとも一枚は本物の鏡があったわけで、邪馬台国騒ぎをでっち上げるために銅鏡百枚が偽造され、そのことに気がついた田口が殺された、という峻の根本の推理が崩れてしまう。

峻は、通称「目黒の御前《ごぜん》」と呼ばれる黒幕である養父と会う。孤児だった峻は、この養父に才能を見込まれて育てられたのだが、会うのは久しぶりだった。この養父のことや峻が孤児だったことは、第一弾『マダム・ロスタンの伝言』にその事情が記されている。

前の卑弥呼伝説殺人事件で、養父は峻に注意を促したことがあった。今度の事件も根が深そうだから気をつけたほうがいい、と養父は忠告し、特殊な能力を持ち、国家の行末を占いによって決定する、日本におけるシャーマンというべき巫《かんなぎ》の存在を教示してくれた。

この巫をはじめ、総理大臣や文化庁長官などトップレベルの政治家たちの種々の思惑もからんでくる。シリーズ第二弾に続いて、峻が捜査の途中で監禁されるというサスペンス場面も盛り込まれている。

三つの殺人事件の謎の解明とともに、丹前山古墳は果して卑弥呼の墓なのかどうか、卑弥呼の墓はどこにあるのか、という古代史の謎は依然として読者の前に存在し、そのロマンをいっそう強くかきたてられる。

シリーズ第二弾で、井沢元彦は邪馬台国の場所に関するさまざまな歴史的、考古学的考察を繰り広げていた。また、日本史の総点検を目指した歴史ノンフィクション『逆説の日本史』の第一巻「古代黎明《れいめい》編—封印された『倭』の謎」(一九九三年、小学館刊行)の中に次のような記載がある。

邪馬台国の候補地というのは、全国各地にある。

だが、そこが邪馬台国であると主張する論者の根拠は、「『魏志倭人伝』がこう読めるからだ」であることが多い。

つまり、あくまでも根拠は「魏志倭人伝」の解釈なのである。

しかし、ヒミコという女性の、日本宗教史に占める大きさというものを考えると、私はもう一つ何らかの形で「宗教的聖地」であり、「女神」が祀られているところでなければ、邪馬台国の候補地になりえないと思う。(「第四章　神功皇后編」)

この記述は、卑弥呼が殺されたという主張、卑弥呼が「大和朝廷の祖アマテラス」であるという主張に基づくものであるのだが、「宗教的聖地」という発想は、シリーズ第三弾の本書のモチーフともなっているものだ。

また、本書で取り上げられている卑弥呼の鏡と邪馬台国との関係については、歴史対談集『日本史再検討』（一九九五年、世界文化社刊行）の「第二章　邪馬台国は九州か？」に考古学者・森浩一《こういち》氏との対談で詳細に検討されている。

一九九四年三月、京都府の丹後半島にある弥栄《やさか》町と峰山《みねやま》町の両町にまたがる大田南五号墳から、中国・魏の年号である青竜三年（二三五）の銘文が入った青銅鏡「方格規矩四神鏡」一枚が完全な形で出土し、「卑弥呼の鏡」ではないか、と騒がれたことがあった。対談はまず、この青銅鏡の意義、評価をめぐって始まり、卑弥呼が魏の皇帝から「銅鏡百枚」を下賜されたという『三国志』の「魏志倭人伝」の記載と三角縁神獣鏡に関しての検討が、両者の間でなされていく。

日本で発見された三角縁神獣鏡を日本製と仮定した場合、それを誰が、どんな目的で作ったのか、という疑問を井沢元彦は森浩一氏にぶつけ、理想郷に導いてくれる神獣を描くなど、護符的な意味合いで作られた、という答えを引き出している。

三角縁神獣鏡はこれまで全国の古墳から四百枚ほど出土しており、卑弥呼が魏に遣いを送ったとされる年の「景初三年」と「正始元年」の銘が入っている。これが「卑弥呼の鏡」説に拍車をかけているのだが、日本で発見された銅鏡の多くに、この年号が刻まれていることを、どう解釈すべきか？　という問いかけに、森浩一氏は次のように答えている。

「景初と正始の年号は日本書紀の巻第九『神功皇后』のところにも出てくる年号なんです。卑弥呼なるものが中国に遣いを出したと。ですからこの年号は日本書紀の編者も知っているわけで、倭人にとっては記念すべき年だったとも考えられます」

物語の中で、峻が真実子と夕子に「卑弥呼の鏡」について解説してやる場面、あるいは森原考古学研究所が丹前山古墳出土の銅鏡百枚を発表したことを報道したテレビのニュースでのキャスターと解説者のやりとりの場面などを、この対談と重ね合わせていくと、「卑弥呼の鏡」の謎をより一層深く理解することができる。

対談の中で、井沢元彦は、

「とにかく日本の文献、発掘状況だけでなく、中国での学術調査が進んでいるとなると、両方の調査結果を照合しながら検証していったほうが、より確かな結果が出ることは間違いないわけですからね。時代は国際化に向かっているわけですから、考古学にも国際化の意識が必要になってきているのかもしれませんね」

と語り、
森浩一氏も、

「中国での学術調査の結果を踏まえれば、三角縁神獣鏡は魏でつくられた鏡ではなく、呉《ご》領域の工匠が日本列島に渡来して、日本でつくったことも十分に考えられるわけです」

と答えていたが、こうした対談の成果が本作品で峻の推理に採り入れられているところにも、興味を惹かれるものがある。また、森浩一氏は、最後にこうも発言していた。

「いずれにしても考古学は、先入観を取りはらい、事実を凝視して取り組めば解決に向かって大きく前進できる学問です」

この言葉は、峻の推理のプロセスを想起させるものがあり、井沢元彦の歴史ミステリーの手法とも深くつながっている。

シリーズ第二弾では、邪馬台国がどこにあったかの謎も含めて、古代史のいくつかの謎に迫っていた。シリーズ第三弾の本書では、「卑弥呼の鏡」に関する謎を連続殺人事件の謎とともに楽しんでいただきたい。

集英社文庫

魔鏡《まきよう》の女王《じょおう》　永源寺峻《えいげんじしゅん》ミステリ・ファイル

2002年9月25日　第1刷

定価はカバーに表示してあります。

著者　井《い》　沢《ざわ》　元《もと》　彦《ひこ》

発行者　谷　山　尚　義

発行所　株式会社　集　英　社

東京都千代田区一ツ橋2—5—10
〒101-8050

(3230) 6095（編集）
電話 03 (3230) 6393（販売）
(3230) 6080（制作）

印　刷　大日本印刷株式会社

製　本　大日本印刷株式会社

ISBN4-08-747491-7 C0193